夏天 森林裡有什麼新鮮事！

森林報報

維·比安基 著　卡佳·莫洛措娃 繪　王汶 譯

全世界孩子都在讀的世界經典自然文學

小木馬

出版序

這時刻，讓我們帶孩子一起擁抱森林

陳怡璇　木馬文化兒童科普線副總編輯

致　親愛的師長們：

《森林報報》是俄羅斯兒童文學大師——比安基的經典之作，在台灣也曾經由不同的出版社引進出版，即便如此，它的知名度仍不及另一經典自然書寫《昆蟲記》，所為人熟知。這自然有其歷史背景，一八九四年，比安基出生於聖彼得堡（舊稱列寧格勒）。父親是一位動物學家，從小就帶著他探索自然。比安基從父親那裡學到許多觀察和記錄的方法，他不僅對大自然充滿好奇，也學習藝術與文學，並且在他成年後開始嘗試創作。一九二七年首次出版的《森林報報》，是他最為人熟知的作品，直到一九五九年他離世之前，《森林報報》仍然持續加入新的內容，令大小讀者愛不釋手，並影響著許多家庭和孩子。

對照比安基成長和創作的時代，正是俄羅斯與世界動盪不已的年代：俄羅斯帝國走入衰敗瓦解，取而代之的是無產階級崛起的時代巨浪，緊接著兩次世界大戰，在比安基離世時，俄國已經成為蘇聯，是與西方世界抗衡的巨大政權。

這多少說明了為什麼我們和這部經典作品始終有點距離，因為在時代的洪流中，我們曾經離得那麼遠。

然而，閱讀《森林報報》，你會發現，比安基描寫的世界，有尋常的四季遞嬗，有森林和小鎮的生機勃勃，有動物植物的細膩變化……在森林裡，始終有自己的節奏；在森林裡，沒有這些紛擾；在森林裡的我們，其實距離非常近。近到遠在俄羅斯的年輕插畫家，能夠認識和描繪生活在台灣小島上的亞洲石虎，這是深愛森林和大自然的人類，天涯咫尺的美麗相遇。

二〇二〇年的此刻，人類正面臨前所未有的處境，病毒全球快速傳播，各國被迫封閉原本的流動，而人們得以停下腳步，看看我們生活的周遭，這些圍繞在我們周邊的高山、森林、湖泊，以及一直和我們生活在一起的動植物們。

木馬文化在此刻推出這部經典兒童自然文學，是對經典大師致敬，更是對大自然致敬，也對每個致力於維護和傳遞生態保護的人們致敬。

本書採用的譯本為中國知名翻譯家王汶女士（一九二三～二〇一〇）的譯本，王汶女士擅長俄國文學與語言、愛好自然，是公認最好的譯本。本書也邀請到曾榮獲「好書大家讀」的科普作家及譯者張容瑱擔任本書編輯，為書中許多譯名反覆查證校正。本書的出版能跟俄羅斯插畫家卡佳小姐合作，更是意義不凡，我們很開心能一起乘著時光機將經典作品帶到孩子的面前。

致　親愛的小讀者：

你即將看到許多前所未聞的動物和植物的神奇事件，透過一位經典大師生動有趣的描寫，看完之後會讓你作文能力大增。這本書有很多漂亮的插圖，是來自俄羅斯的卡佳姐姐特別創作的，仔細觀察不同季節的封面有什麼不同呢？

強烈建議，讀這本書你可以查查地名和物種的名稱，會有更豐富的收穫。除此之外，也許你可以著手寫一篇台灣森林報報，一起成為小小自然文學家！

推薦序

他帶著孩童的眼睛，捎來森林的消息

林華慶　林務局局長

春天喚醒了冰封的北方大地，新芽從變得鬆軟的積雪裡怯怯的冒出頭來，鹿生出柔嫩的犄角，麻雀歡快的洗澡，百靈鳥飛來，人們製作小麵包，迎接充滿生機的「飛禽月」。俄羅斯科普作家維．比安基的生花妙筆，帶領我們走進四季分明的北國，看見與台灣自然環境截然不同的另一番景色。熱鬧的森林裡，不管是低調的苔蘚，或是鳴唱的黃雀，每個小生命都有著各自的獨特位置。

台灣擁有聳峻的高山島嶼地形，我們何其有幸，能與不同氣候帶的闊葉林、針闊葉混合林、針葉林、寒原共同生活在同一緯度裡，得以享用森林提供的多元服務價值。森林帶給我們的絕不僅止於木材，從空氣、水、生態、棲地的支持性服務，以及溫溼度等微氣候調節，到人們食衣住行所需的供給服務，更滋養了文化、遊憩、美學、身心療癒，我們也經常在各種生態體驗活動中，看到孩子們專注探索大自然帶來的驚喜。

帶著如孩童求知的明亮雙眼，《森林報報》裡，作者以流暢優美又富童心的筆觸捎來森林的消息，引領大家觀察變化萬千的生命動態；俄羅斯插畫家卡佳也透過對動植物獨特的洞察力，繪製全新的插圖，為這本書更添視覺之美，再次與台灣延續美好的緣分。

閱讀這本適合親子共讀的自然文學作品，大小朋友們可以發現，原來森林裡有這麼多學問，值得細細體會。當人們越親近自然，就越能感受它的價值，進而守護它。

十分欣見木馬文化出版《森林報報》這本圖文並茂的好書，讓身處南方島嶼的我們，也能透過紙頁神遊另一座豐美的森林。也期待每位大小朋友，從書本與親身接觸中更加親近山林，發現生物間的巧妙互動，徜徉在森林這所無邊無際的學校中，享用大自然的美好！

推薦序

來自俄羅斯的美好作品

卡佳・莫洛措娃

能為一部經典的作品畫插圖，是許多插畫家的夢想，特別是如果這本書曾陪伴自己的童年長大。對我來說，為《森林報報》繪製插圖，就是這樣一個特別的經驗。

這本書的作者維・比安基，是俄羅斯最著名的兒童文學家，尤其知名的是他擅長書寫關於自然的題材，他的作品在俄羅斯早已是學校文學課程的一部分，陪伴好幾代的孩子成長，包括我在內。維・比安基總在他書寫的故事中，帶我們了解身邊的世界，教導我們小心的對待它。

《森林報報》這部作品呈現的是森林裡一年四季的變化和各種有趣的消息，這次因為木馬文化的邀請，讓我在成年之後再次和這本書相遇，我彷彿回到了我的童年，並且像個孩子般重新體會和了解我的祖國——俄羅斯，有多麼廣闊的國土和細膩的生態。

我回憶起童年，我和許多充滿好奇的小朋友一樣，喜歡到住家四周的公園裡探險，看到不同的鳥類時，會好奇這是什麼鳥？我看到樹上、地上一些奇怪的印記，心想這是什麼動物留下的記號？

為《森林報報》畫插圖的過程，我也幻想自己是《森林報報》中的記者，要為讀者呈現讀這些故事時最適合的插圖，為了達到這個目標，我在作畫時除了參考物種的真實照片，也尋思在書中應該用什麼構圖和配色。

作為一位插畫家，我有我擅長和喜愛的風格——我喜歡運用幾何和抽象的想像，以及明亮鮮明的用色，然而我也喜歡嘗試不同畫風，在《森林報報》的系列作品中，我決定更具體而微的把故事中的生物生動的展現，期待每一位閱讀這本書的讀者，可以因此更加認識這些可愛的動植物，能夠認識這片來自我家鄉的美好森林。

《森林報報》的發行是以季節時序的推進分為春、夏、秋、冬，四季的變化在俄羅斯是非常顯著的，因此在封面插畫的創作上，我特別將俄羅斯隨處可見的樹木：白樺、橡樹和白楊安置其中，隨著季節的變化，樹木和周圍的動物都將隨著書中描述的季節而變——春天，樹上冒出嫩綠的新芽；夏天，綠葉變厚、顏色變深；秋天，樹上的葉子換了紅色、黃色、橙色的新裝；到了冬天，樹木將靜靜的睡在雪地上，期待下一個春天的到來。

這是我為童書繪製插圖的第一部作品，在創作的過程我感到非常的快樂，也謝謝木馬文化帶給我這麼寶貴的機會，期待台灣的讀者能在其中享受到閱讀的樂趣、體會大自然的美妙，並在這部作品中，認識俄羅斯和台灣迥然不同的生態。

目次

出版序／在最好的時刻，我們帶孩子一起擁抱森林 陳怡璇 4
推薦序／他帶著孩童的眼睛，捎來森林的消息 林華慶 7
推薦序／來自俄羅斯的美好作品 卡佳・莫洛措娃 9
致讀者 19

第4期

鳥兒築巢月 夏季第一月 6月21日～7月20日 29

太陽的詩篇 30

各有各的住處 32
築巢建窩／誰的房子最好？／還有誰會築巢？
用什麼材料築巢？／借住別人的住宅／大公寓／巢裡有什麼？

林中大事記 42
狐狸怎樣趕走獾？／有趣的植物／會變戲法的花／神出鬼沒的夜行大盜
蛋不見了？／勇敢的小魚／誰是凶手？／六隻腳的鼴鼠？／刺蝟救了她
蜥蜴和牠的蛋／燕子築巢（下）／小燕雀和牠的媽媽／神祕的鐵線蟲
用槍打蚊子／少年自然科學家的夢／請試驗一下！／神奇的測釣計
天上的大象

綠色的朋友 68
重造森林

祝你鉤鉤不落空！ 72
釣魚和天氣／捕捉螯蝦

林中大戰（三） 78

農村生活 82
田裡的植物長高了／牧草的抱怨／田裡噴灑奇妙的水／被太陽晒傷／避暑的人失蹤了母雞去度假／憂慮的綿羊媽媽／進城去？／混亂的餐廳
一位少年自然科學家講的故事

打獵的故事 90
不獵鳥，也不獵獸／會跳的敵人／殲滅葉蚤／會飛的敵人／可怕的蚊子
撲滅蚊子／稀罕的事

東南西北 101
無線電通報

森林布告欄 116
請愛護鳥類朋友！／鳥巢保護隊

打靶場 117
第四次競賽

第5期

雛鳥出生月

夏季第二月 7月21日~8月20日

121

太陽的詩篇 122

林中大事記 124

森林裡的新成員／沒有媽媽的照顧／細心照顧孩子的媽媽
勤勞的鳥兒／孵出什麼樣的鳥？／島上的移民／雌雄顛倒
可怕的雛鳥／小熊洗澡果實成熟了！／貓養大的兔子
地啄木雛鳥的把戲／瞬間消失！／可怕的植物／在水中打架
靠雨水傳播種子／小潛鴨學游泳／有趣的小果實
冠鸊鷉的幼鳥／夏末的鈴蘭／天藍和翠綠／請愛護森林！

林中大戰（四） 152

農村生活 156

森林的朋友／能幹的孩子／收割穀物／變黃的田地／林中簡訊

從遠方來的一封信 162

打獵的故事 167
黑夜的恐怖／白天的搶劫／誰是朋友，誰是敵人？
怎樣打猛禽？／從暗處偷襲
帶個幫手／黑夜打獵／夏季狩獵

森林布告欄 178
請幫助流浪兒

打靶場 180
第五次競賽

第6期

結隊飛行月

夏季第三月 8月21日~9月20日

183

太陽的詩篇 184

森林裡的規矩／教練場／咕爾，勒！咕爾，勒！
蜘蛛飛行員

林中大事記 190

一隻山羊吃光一片樹林／趕走強盜／野草莓的繁殖
熊嚇死了！／可食用的蕈菇／有毒的蕈菇／「雪花」紛飛
罕見的白野鴨

綠色的朋友 205

應該種什麼樹？／機器種樹／新的湖泊／我們要幫忙造林

林中大戰（五） 210

幫助復興森林／園林週

農村生活 215

躲過一劫／對付雜草的戰略／虛驚一場／興旺的家庭
黃瓜的抱怨／帽子的樣式／撲了個空

打獵的故事 222

帶獵狗打獵／打野鴨的好地方／絕佳的好幫手／躲在山楊樹上的對手
不公平的騙局

森林布告欄 243

尋找鳥兒／代向讀者問好

打靶場 244

第六次競賽
第四次競賽答案 246
第五次競賽答案 248
第六次競賽答案 250
廣大的俄羅斯 252

紀念我的父親

瓦連京・利沃維奇・比安基

致讀者

普通的報紙都是刊登人的消息、人的事情。可是，孩子們也很想知道飛禽走獸和昆蟲怎樣生活。

森林裡的新聞並不比城市少。森林裡也進行著各種工作，也有愉快的節日和悲傷的事件。森林裡有森林裡的英雄和強盜。可是這些事情，城市報紙很少報導，所以誰也不知道這類林中新聞。

比方說，有誰聽過，嚴寒的冬季裡，沒有翅膀的小蚊蟲從土裡鑽出來，光著腳丫在雪地上亂跑？你在什麼報紙上能看到關於林中大漢麋鹿打群架、候鳥大搬家和秧雞徒步走過整個歐洲的有趣消息？

所有這些新聞，在《森林報報》都可以看到。

《森林報報》一共有十二期，每個月一期，我們把它編成了一套書。每一期的內容有：編輯部的文章，我們森林通訊員的電報和信件，還有打獵的故事。

我們的森林通訊員是些什麼人呢？有的是小朋友，有的是獵人，有的是科學家，有的是林業工作者。他們常常到森林裡，關心飛禽走獸和昆蟲的生活，他們把森林裡形形色色的新聞記下來，寄給我們編輯部。

第一本《森林報報》在一九二七年出版，之後經過多次再版，每次再版都會增加一些新的專欄。

我們曾經派一位特約通訊員，去採訪赫赫有名的獵人塞索伊奇。他們一起打獵，當他們在篝火旁休息的時候，塞索伊奇常常講起他的冒險故事，特約通訊員就把他的故事記下來。

《森林報報》是地方性報紙，在俄羅斯的列寧格勒編輯出版，報導的內容大多是列寧格勒省內，或是列寧格勒市內的消息。

不過，俄國的領土非常廣大，大到這樣的程度：在北方邊境，暴風雪正在發威，把人血管裡的血液都凍涼了；在南方邊境，熱烘烘的太陽卻普照大地，百花盛開；在西部邊區，孩子們剛剛躺下睡覺；在東部邊區，孩子們已經睡醒了，正要起床。所以《森林報報》的讀者提出了一個需求——希望從《森林報報》了解列寧格勒省內的事，同時也能知道全國其他地區發生的事。為了滿足讀者的需求，我們在《森林報報》上開闢了一個專欄，叫做「東南西北：無線電通報」。

我們轉載了塔斯通訊社的許多報導，介紹孩子們的工作和功績。

我們還邀請了生物學博士、植物學家兼作家尼娜・米哈依洛芙娜・巴甫洛娃為《森林報報》撰寫文章，談談有趣的植物。

我們的讀者應該了解自然界的生活，這樣，才能學會愛護自然，才能隨心所欲的融入動植物的生活。

我們的第一位森林通訊員

許多年前，列寧格勒列斯諾耶附近的居民，常常在公園裡碰到一位戴眼鏡的白髮教授。這位教授有一雙非常銳利的眼睛，他傾聽每一隻鳥的叫聲，仔細觀察每一隻飛過的蝴蝶或蒼蠅。

我們大都市的居民，不會那樣細心的注意每一隻剛孵出的小鳥，或是春天出現的每一隻蝴蝶。可是他呢？春天時森林中發生的事，沒有一件逃得過他的眼睛！

這位教授的名字是德米特利・尼基羅維奇・凱戈羅多夫。他觀察我們城市和近郊的自然生態長達五十年。在半個世紀的歲月裡，他看著冬去春來，春盡夏始，夏秋一過，冬天又來，鳥兒飛去又飛回，樹木和花卉開了又謝。凱戈羅多夫教授清清楚楚的記下他觀察到的一切，什麼時候發生了什麼事，並發表在報刊上。

他還號召人們，特別是年輕人，觀察自然、記下觀察結果，並寄給他。許多人響應了他的號召。於是，他的自然觀察通訊員大軍，就一年一年壯大起來。直到現在，許多愛好自然的人，包括鄉土研究者、科學家、小學生，還在按照他的方式，繼續進行觀察，收集觀察的紀錄。

五十年來，凱戈羅多夫教授累積了許許多多的觀察紀錄。他把這些資料統整起來。多虧他長年不斷的工作，多虧許多科學家的研究，現在我們知道候鳥在春天什麼時候飛到我們這裡、又在秋天什麼時候離開，也知道我們這裡樹木和花草的生長情況。

凱戈羅多夫教授還為孩子和成人寫了許多關於鳥類、森林和田野的書。他曾經在學校教書，那時他一再強調：孩子研究大自然，不能只依靠書本，還要走進森林和田野。

一九二四年二月十一日，凱戈羅多夫教授在長久的病痛之後，沒趕上新春的到來，就逝世了。我們對他念念不忘。

森林年

有一些讀者也許會認為《森林報報》上關於森林、農村和城市的報導，都是舊聞。其實並不是這樣。沒錯，年年有春天，不過，每年的春天都是嶄新的，不管你活多少年，絕不會看見兩個一模一樣的春天！

一年，就像一個有十二根輻條的車輪，每一根輻條相當於一個月，十二根輻條統統滾了過去，就是車輪滾了一圈，接著，又輪到第一根輻條轉過去。不過，車輪已經不在原處了，而是前進了一些距離。

春天再度降臨。森林甦醒了，熊從洞裡爬出來，氾濫的河水淹沒了森林動物的地下洞穴，鳥兒從遠方飛來，開始唱歌、跳舞，動物生兒育女。讀者會在《森林報報》上看到最新鮮的森林新聞。

《森林報報》使用的日曆是「森林曆」，跟一般的日曆不一樣。這沒什麼好奇怪的，因為鳥獸的生活步調跟我們人類不一樣。牠們有自己獨特的曆法——森林裡所有的生物，都按照太陽的運行過日子。

我們參考一般的日曆，把森林曆的一年，劃分成十二個月，並根據森林裡的情況，為每個月分另外取了名字。

每年的森林曆

第1期
冬眠初醒月

第4期

鳥兒築巢月

夏季第一月

6月21日～7月20日

第7期
候鳥離鄉月

第10期
銀路初現月

第 2 期
候鳥回鄉月

第 3 期
歌唱舞蹈月

第 5 期
雛鳥出生月
夏季第二月
7月21日～8月20日

第 6 期
結隊飛行月
夏季第三月
8月21日～9月20日

第 8 期
儲備糧食月

第 9 期
冬客臨門月

第 11 期
飢餓難熬月

第 12 期
忍受殘冬月

第4期

鳥兒築巢月

夏季第一月 6月21日~7月20日

太陽的詩篇

六月，薔薇花開，候鳥搬完家了，夏天開始了。

現在晝長夜短，在遙遠的北方甚至完全沒有黑夜，太陽二十四小時都在天上。在潮溼的草地上，花兒越來越富有陽光的色彩，金蓮花、驢蹄草、毛茛等等，把草地染得一片金黃。

這個時期，人們在陽光燦爛的黎明時分，採收藥草的葉、莖和根，以備生病的時候，把貯存在藥草裡太陽的生命力，轉移到自己身上。

一年之中白晝最長的一天，六月二十二日「夏至」過去了。白晝開始縮短，縮短的速度非常緩慢，跟春天時光明增加的速度一樣慢。民間流傳著一種說法：「夏天的頭頂已經從籬笆的縫裡露出來了。」

夏季
鳥兒築巢月

現在，鳥兒有了自己的巢，所有的巢裡都有了蛋，什麼顏色的蛋都有！嬌弱的小生命從薄薄的蛋殼探出頭來了……

各有各的住處

孵蛋育雛的季節到了，森林裡的居民都為自己建造了房子。我們《森林報報》的通訊員決定去了解一下：飛禽走獸、魚兒、蟲兒都住在哪裡？牠們的生活過得怎麼樣？

築巢建窩

現在整個樹林裡，上上下下都住滿了，一點空的地方也沒有。無論是地面上、地底下、水面上、水底下，還是樹枝上、樹幹中、草叢裡、甚至半空中，全都住滿了。

黃鸝的房子蓋在半空中。黃鸝用麻、草莖和毛髮編織出一個輕巧的小籃子，把它掛在白樺的樹枝上。小籃子裡放著黃鸝的蛋。說也奇怪，風搖動樹枝的時候，蛋卻不會掉下來。

百靈鳥、林鷚和其他許多鳥類把房子蓋在草叢裡。我們的通訊員最喜歡的是柳鶯的巢，用乾草和苔蘚搭成，上面有棚頂，門開在側面。

在樹幹裡蓋房子的動物有：長得像松鼠，但前肢和後肢之間有皮膜的鼯鼠、木蠹蛾、小蠹蟲、啄木鳥、山雀、椋鳥、貓頭鷹和其他鳥類。

在土裡蓋房子的有：鼴鼠、野鼠、獾、灰沙燕、翠鳥和各種昆蟲。

冠鸊鷉是一種水鳥，在水面上築巢，用沼澤裡的草、莞草和水草堆積而成。牠的巢像木筏一樣浮在水面上，在湖裡漂來漂去。

石蛾和水蜘蛛在水裡蓋小小的房子。

誰的房子最好？

我們的通訊員想選出最好的房子，可是，要確定哪一間房子最好，可不容易呢！

鷗的巢最大，用粗樹枝搭成，架在又大又粗的松樹上。頭頂黃色的戴菊鳥築的巢最小，整個巢只有小拳頭那麼大。

鼴鼠的房子蓋得最巧妙，有許多出入口。不管你費多大的勁，休想在牠的地洞裡捉到牠。

捲葉象鼻蟲的房子最精緻。捲葉象鼻蟲是一種甲蟲，具有長長的口器。牠會咬噬白樺樹葉的葉脈，等葉子開始凋萎時，把葉子捲成筒狀，雌捲葉象鼻蟲就把卵產在這個圓筒形的小房子裡。

戴領帶的環頸鴴和晝伏夜出的夜鷹，牠們的巢最簡單。環頸鴴把四顆蛋下在河邊的沙地上，夜鷹把蛋下在樹底下枯葉堆的小坑窪裡。這兩種鳥都沒有花費什麼力氣蓋房子。

蘺鶯的小房子最漂亮。牠把小小的巢搭在白樺的樹枝上，用苔蘚和樺樹皮裝飾。牠還從一棟別墅的花園裡，撿了一些人們丟棄的彩色紙片來裝潢牠的巢。

長尾山雀的小巢最舒服。這種山雀也叫做「湯勺子」，因為牠的身體像一支舀湯用的長柄勺子。牠的巢，裡層用絨毛、羽毛和獸毛編成，外層黏上苔蘚。整個巢是球形的，像顆小南瓜，巢上方有個小圓門。

石蛾幼蟲的小房子最輕便。

石蛾是有翅膀的昆蟲，停棲的時候，翅膀收攏蓋在背上，恰好遮住全身。石蛾的幼蟲沒有翅膀，住在小河或小溪的河床上。

石蛾的幼蟲找到跟自己身體差不多長的細枝或莞草，就吐出絲線把沙泥黏在上面，築成圓筒狀的巢，然後倒著爬進去。多麼方便啊！全身藏在小圓筒裡，安安靜靜睡上一覺，誰也不會發現牠；想換個地方，就

伸出前腳，帶著小房子在河底爬，反正房子很輕便！有一隻石蛾的幼蟲找到一根掉落在河底的菸蒂，鑽了進去，就那樣帶著它到處旅行。

水蜘蛛的房子最奇特。牠住在水裡，會在水草之間張一面蜘蛛網，用毛茸茸的腹部從水面攜帶氣泡放在蜘蛛網下面，形成一個「氣室」。水蜘蛛就住在這個有空氣的小房子裡。

還有誰會築巢？

我們的通訊員還找到了魚和野鼠的巢。

刺魚蓋的巢十分道地。築巢的工作由雄魚負責。築巢時，只選用較重的草莖，這種草莖即使從河底啣到水面也不會漂浮。雄魚把草莖固定在河底的泥沙裡，用黏液把它們黏起來，做成牆壁和天花板。再用苔蘚把四周的洞堵住，還留了兩扇門。

巢鼠的巢跟鳥巢差不多，用草葉和撕得細細的草莖編成。牠的巢架在刺柏的樹枝上，離地大約兩公尺高。

用什麼材料築巢?

森林裡的動物用各式各樣的材料蓋房子。

歌鶇的碗形巢，內壁塗著爛木屑，就像我們用水泥抹牆壁一樣。家燕和毛腳燕的巢是用泥巴做的，牠們用唾液把巢黏得牢牢的。黑頂林鶯用細樹枝築巢，並用又輕又黏的蜘蛛絲把細樹枝黏牢。

鳾這種鳥，能頭朝下在樹幹上跑來跑去。牠在洞口很大的樹洞裡築巢，擔心松鼠闖進巢裡，於是用泥巴把洞口封起來，只留一個自己剛剛好能夠擠進去的小洞。

翅膀翠綠色而腹部橙栗色的翠鳥，築的巢最有趣了。牠用嘴喙在河岸挖出一個橫向的洞穴，在洞穴盡頭的小房間地上鋪上細魚刺。這樣，牠就有了軟軟的床墊。

借住別人的房子

不會建造房子或是懶得自己蓋房子的動物，就借用別人的房子。俗稱「布穀鳥」的杜鵑不築巢，而是把蛋下在鶺鴒、歌鴝、林鶯和其他會築巢的鳥類巢裡。

白腰草鷸在樹林裡找到一個舊的烏鴉巢，就在那個巢裡產卵孵蛋。

鮈魚很喜歡廢棄的螯蝦洞穴，這種洞穴一般是在沙質的水底。鮈魚就把卵產在那些洞穴裡。

有一隻麻雀把巢安排得非常巧妙。牠先是在屋簷下築巢，不幸被男孩們搗毀了。後來，牠又在樹洞裡築了一個巢，可是下的蛋被伶鼬偷走了。於是麻雀把巢安置在鵰的大巢裡。鵰的巢是用粗樹枝搭的，麻雀的小房子就安置在這些粗樹枝之間，地方很寬敞。

現在，麻雀可以安心的過日子了。體型龐大的鵰根本不理會麻雀這麼小的鳥，而伶鼬、貓、鷹，甚至男孩們，也不會再去破壞麻雀的巢，因為大家都怕鵰呀！

大公寓

森林裡也有大公寓。

蜜蜂、胡蜂、熊蜂和螞蟻建造的房子，可容納成千上百的房客。

禿鼻鴉集體繁殖，牠們占據果園、小樹林作為築巢的區域，許許多多的巢聚集在一起。海鷗則是占據沼澤、沙洲和淺灘。

灰沙燕集體在陡峭的河岸挖洞築巢，河岸布滿了數不清的洞，看起來像篩子一樣。

巢裡有什麼？

每個巢裡都有蛋，每種蛋都長得不一樣。不同的鳥產不同的蛋，以便適應各式各樣的環境。

田鷚的蛋布滿了大大小小的斑點；地啄木的蛋則是白色的，稍微帶點粉紅色。原來，地啄木的蛋下在昏暗的樹洞裡，不會被看見。田鷚在草墩附近的地面築巢，如果蛋是白色的，就很容易暴露，所以蛋的顏色跟草墩很接近，讓人難以發現，甚至可能會一腳踩在蛋上面。

野鴨的蛋接近白色，牠們的巢築在草墩附近，並沒有遮蓋。因此，野鴨不得不耍個花招：牠們在離開巢的時候，會啄下自己的絨毛把蛋蓋住，這樣，蛋就不會被發現了。

為什麼田鷸的蛋一頭尖、一頭圓鈍？為什麼鵟的蛋比較圓？

這是因為田鷸的體型比較小，身體只有鵟的五分之一，但是相對來說，田鷸的蛋很大。蛋一頭尖尖的，擺放在巢裡很方便：尖頭朝內，尖頭和尖頭靠在一起緊密的排列，不會占用很大的空間。如果不這樣，田鷸孵蛋時，怎麼用小小的身體蓋住那麼大的蛋呢？

可是，為什麼體型比較小的田鷸，蛋卻跟鵟的蛋差不多大呢？這個問題會在下一期的《森林報報》回答，那時候小田鷸應該破殼而出了。

林中大事記

狐狸怎樣趕走獾？

狐狸家裡出事了！狐狸居住的洞穴，天花板塌了，差一點壓死小狐狸。

狐狸一看，大事不妙，非搬家不可。

狐狸到獾的家裡去。獾有一個出色的洞穴，這個洞是獾自己挖的。出入口東一個、西一個，分岔的通道橫一條、豎一條，四通八達，天敵襲擊時，逃生非常方便。

獾的洞很大，住得下兩家子。狐狸央求獾分一間房間給牠住，卻被獾一口回絕了。獾是一位什麼也不肯馬虎的主人，愛乾淨、愛整齊，哪裡有一點髒都不能忍受。怎麼能夠讓一個有孩子的人家住進來呢！

貛把狐狸趕走了。

「好哇！」狐狸心想：「你這樣呀！等著瞧吧！」

狐狸假裝到樹林裡去了，但其實躲在灌木叢後面，坐在那裡等著。

貛從洞裡探出頭來，張望了一下，以為狐狸走了，於是爬出洞，到樹林裡去找蝸牛吃。

狐狸一溜煙鑽進了貛的洞穴，在洞裡面拉了一堆屎，把屋裡弄得髒兮兮的，然後就溜走了。

貛回到家一看，天啊，怎麼那麼臭！牠氣得哼了一聲，就離開洞到其他地方去挖洞了。

這正是狐狸求之不得的。

牠把小狐狸都啣過來，在這個舒服的貛洞住了下來。

有趣的植物

池塘裡差不多長滿了浮萍。有些人說那是水藻。其實水藻是水藻，浮萍是浮萍。浮萍是一種有趣的植物，跟其他植物不一樣。它有細小的根和浮在水面上的綠色小圓片。這些形狀像燒餅的小圓片，叫做「葉狀體」。浮萍沒有明顯的莖或葉，雖然會開花，但是很少見。浮萍用不著開花，它繁殖起來又快又簡便：只要從葉狀體脫落一個小葉狀體，一株植物就變成兩株了。

浮萍的生活很不錯，漂浮在水面到處為家，自由自在，什麼也不能把它拴住。野鴨游過的時候，浮萍可以沾在野鴨的腳蹼上，讓野鴨帶著飛到另一個池塘去。

尼娜・巴甫洛娃

會變戲法的花

草地和空地上，紫色的矢車菊開花了，它的花會變戲法。

矢車菊的花，構造並不簡單。它是由許多小花組成的花序。那些蓬鬆、像犄角的漂亮小花不會結果實，真正會結果實的小花長在中間，像細管子一樣。管狀小花裡有一根雌蕊和好幾根會變戲法的雄蕊。

只要碰一碰紫色的管狀小花，它往旁邊一歪，就從細管子的小孔裡冒出一些花粉。過一會兒，再碰它一下，它一歪，又會冒出一些花粉。這就是它的戲法！

這些花粉不會白白浪費。只要昆蟲向它要花粉，它就給一點。拿去吃也行，沾在身上也行，只要多少帶一點到另一朵矢車菊就可以了。

尼娜·巴甫洛娃

神出鬼沒的夜行大盜

森林裡出現了神出鬼沒的夜行大盜，鬧得林中居民個個提心吊膽。

每天夜裡總有幾隻小兔子失蹤。小鹿、琴雞、松雞、榛雞、兔子、松鼠等等，一到夜裡就惶恐不安，覺得大難要臨頭了。不論是灌木叢中的鳥兒，樹上的松鼠或是地上的老鼠，都不知道強盜會從哪裡襲擊。神出鬼沒的凶手總是冷不防的出現，有時候從草叢裡出現，有時候從灌木叢裡出現，有時候從樹上出現。好像凶手不是一個，而是一大幫！

森林裡有一個狍鹿家庭，一隻雄狍鹿、一隻雌狍鹿、兩隻小狍鹿。幾天前的一個夜晚，牠們全家在林中空地吃草。雄鹿站在距離灌木叢八步遠的地方警戒，雌鹿帶著小鹿在空地上吃草。

突然間，一個烏黑的東西從灌木叢竄出來，撲到雄鹿背上。雄鹿頓時倒了下去，雌鹿帶著小鹿沒命的逃進森林裡。

第二天早晨，雌鹿回到空地上查看，雄鹿只剩一對角和四隻蹄子。

昨天夜裡受害的是麋鹿。牠穿過草木叢生的密林時，看見一棵樹的樹枝上，好像有個奇形怪狀的大木瘤。

麋鹿在森林裡算是壯漢，牠還要怕誰呢？更何況牠有一對大犄角，連熊都不敢侵犯牠。麋鹿走到那棵樹下，正要抬起頭來看看木瘤究竟是什麼樣子，突然，一個可怕又沉重的東西壓在牠的脖子上！

麋鹿大吃一驚，猛力搖頭，把強盜從背上甩掉，然後拔腿就跑，連頭也不敢回一下。因此，牠不知道夜裡襲擊牠的究竟是誰。

這座樹林裡沒有狼，就算有，狼也不會爬上樹。熊呢，現在正躲在樹木茂密的地方，懶得動彈呢！再說，熊也不會從樹上跳到麋鹿的脖子上。那麼，這個神出鬼沒的強盜究竟是誰呢？

目前，真相還沒有大白。

蛋不見了？

我們的通訊員發現一個夜鷹的巢：一個淺坑裡有兩顆蛋。他們走過去的時候，雌夜鷹從蛋上飛走了。

我們的通訊員沒有動牠的巢，只是把巢所在的地點清清楚楚的記下來。過了一個鐘頭，他們回到那裡去看，巢裡的蛋居然不見了！

蛋到哪裡去了？過了兩天，通訊員才知道，原來雌夜鷹把蛋啣到別的地方了，因為牠擔心人會來搗毀牠的巢，拿走巢裡的蛋。

勇敢的小魚

我們已經報導過，雄刺魚在水裡築的巢是什麼樣子。

巢一築好，雄刺魚就找了一位妻子帶回家裡。刺魚太太從這一邊的門進去，產下魚卵，立刻從那一邊的門游出去。

雄刺魚又去找了第二位魚太太，然後又找了第三位、第四位，可是刺魚太太統統跑掉了，丟下牠們產的卵讓雄刺魚照顧。雄刺魚留下來獨自看家，家裡堆滿了魚卵。

河裡有許多愛吃新鮮魚卵的傢伙。雄刺魚的個子小，但是為了保護自己的巢，得和水中凶猛的惡魔對抗。

不久前，貪吃的河鱸闖進了牠的巢。小個子的主人勇敢的衝上去跟那個怪物搏鬥。

刺魚的身上有五根刺，背脊上三根、肚子上兩根。這時，牠把五根刺都豎了起來，對準河鱸的鰓戳過去。戳得真是巧妙！因為河鱸全身披著魚鱗，像穿著堅固的盔甲一樣，只有鰓部沒有遮蓋。河鱸被刺魚嚇了一大跳，趕緊游走了。

誰是凶手？

今天晚上，樹林裡又出了一件謀殺案，被害者是樹上的松鼠。

我們查看了出事的地點，根據凶手在樹幹上和樹下留下的腳印，我們知道這個神出鬼沒的強盜是誰了！不久以前殺害狍鹿的是牠，鬧得整個樹林惶惶不安的也是牠。

看了腳爪印，我們才知道，凶手是我們北方森林裡的豹，也就是殘酷的「大山貓」，又叫做「猞猁」。

大山貓的寶寶已經長大了。現在，大山貓媽媽帶著牠們在森林裡亂竄，在一棵棵樹上爬來爬去。

黑夜裡，大山貓的眼睛看得跟白天一樣清楚，誰要是在睡覺之前沒有躲好，就要遭殃了！

六隻腳的鼴鼠？

我們的一位森林通訊員從加里寧省發來一篇報導：

「我為了練習爬樹，豎立了一根竿子。我在挖土的時候，挖出了一隻小動物，可是我不知道牠是誰。牠的前掌有腳爪，背上有兩片像翅膀的薄膜。身上長著棕黃色的細毛，像是又短又密的獸毛。這隻小動物的身體有五公分長，有點像胡蜂，又有點像鼴鼠。可是，牠有六隻腳，從這個特點來判斷，應該是一種昆蟲。」

★編輯部的說明★

這種與眾不同的昆蟲叫做「螻蛄」。有人說牠是像鼴鼠的蟋蟀。牠跟鼴鼠一樣，前爪粗壯，是掘土挖洞的高手。不過，螻蛄長得像釘耙的前腳還有一個特點：能作為剪刀使用。牠在地底下來來去去，就用這一雙前腳剪斷植物的根。鼴鼠的個子大，力氣也大，碰到植物的根，用強而有力的爪子就可以抓斷，也可以用銳利的牙齒咬斷。

螻蛄的顎長著一副鋸齒狀的薄片，好像牙齒一樣。

螻蛄的生活大多在地下度過。牠跟鼴鼠一樣在地下挖通道，在裡面產卵，然後在上面堆個小土堆，好像鼴鼠的窩一樣。另外，螻蛄具有翅膀，飛得很好，這方面鼴鼠就比不上牠了。

在加里寧省，螻蛄並不多，在列寧格勒省更少。可是在南方各省，螻蛄的數量就很多。

想找到這種獨特的昆蟲，就去潮溼的土裡找吧！最好是去水邊、果園或菜園裡。可以用以下這個方法捉到牠：選定一個地方，每天晚上往那個地方澆水，用木屑把那個地方蓋起來。半夜裡，螻蛄自然會鑽到木屑下的泥巴裡。

刺蝟救了她

馬莎一大早就醒了，匆忙的穿上衣服，光著腳就跑到樹林裡去了。樹林裡的小山崗上有許多野草莓。馬莎眼明手快的採了一小籃，轉身跑回家。她一路上在沾滿露水的冰涼草墩上蹦蹦跳跳。跳著跳著，突然腳底一滑，痛得她大叫起來。原來她的一隻腳滑下了草墩，被什麼尖銳的東西戳得流血了。原來是踩到一隻躲在草墩下的刺蝟，這時牠把身體縮成一團，呔呔的叫著。

馬莎哭了起來，坐在旁邊的草墩上，用衣服擦拭腳上的血。刺蝟不叫了。突然，一條背上有黑色鋸齒花紋的大灰蛇朝著馬莎爬過來。是有毒的蝰蛇！馬莎嚇得渾身發軟，蝰蛇越爬越近，嘶嘶吐著分叉的舌頭。

這時，刺蝟突然挺直身體向蝰蛇跑去。蝰蛇抬起上半身，像鞭子一樣抽到刺蝟身上，刺蝟立刻豎起渾身的刺。蝰蛇痛得嘶嘶狂叫，想轉身逃走。刺蝟卻撲到牠身上，從背後咬住牠的頭，用爪子拍打牠的背脊。

這時候，馬莎才回過神來，趕快爬起來，跑回家去。

蜥蜴和牠的蛋

我在樹林裡的樹墩旁捉到一隻蜥蜴，就把牠帶回家。我在一個大玻璃罐裡鋪上沙土和石子，把牠養在裡面。我每天為牠換水、換草，還放進去一些蒼蠅、甲蟲、蟲子的幼蟲、蛆蟲、蝸牛等等。蜥蜴每次都狼吞虎嚥，大口吞食。牠特別愛吃大紋白蝶，會迅速的轉向大紋白蝶，張開嘴吐出分叉的小舌頭，撲向美味的食物，就像狗撲向肉骨頭那樣。

一天早晨，我在小石子之間的沙土裡找到十多顆橢圓形的小白蛋，蛋殼又軟又薄。蜥蜴把蛋下在一個能晒到太陽的地方。過了一個多月，小白蛋破了，鑽出十多隻動作敏捷的小不點蜥蜴，長得跟牠們的媽媽一模一樣。現在，牠們一家全爬到小石頭上，懶洋洋的晒太陽呢！

森林通訊員　謝斯嘉科夫

燕子築巢（下）

六月二十五日，一天又一天，我看著一對毛腳燕辛苦的啣泥築巢。牠們的巢一點一點的大了起來。牠們每天一大清早就開始工作，中午休息兩、三個鐘頭，然後又修修補補、堆堆黏黏，一直忙到日落前。

有時候，別的毛腳燕會飛來拜訪牠們。如果大雄貓沒有在屋頂上，客人就在屋簷待一會兒，嘁嘁喳喳，和和氣氣的聊天。這對新居主人並不會下逐客令。

現在，巢快像個弦月了，缺口朝著右邊。

巢的左右兩邊並不是均勻的增長，我知道巢為什麼會做成這樣！因為巢是雄燕子和雌燕子一起做的，可是牠們兩個的努力卻不一樣。雌燕子啣泥飛回來的時候，頭老是往左邊歪，牠很細心，一直往左邊黏泥，而且飛出去啣泥的次數比雄燕子多很多。雄燕子常常一飛走，就是幾個鐘頭不回來，一定是在天空裡和別的燕子玩耍吧！牠停在巢上的時候，頭總是朝右邊。牠工作比雌燕子慢，所以右半邊的巢也就比左半邊少一塊，巢才會兩邊增長不均勻。

雄燕子真是懶惰！牠不是比雌燕子強壯嗎？怎麼做得比牠少？

六月二十八日，燕子不再啣泥了，而是啣乾草和絨毛到巢裡作為襯墊。我沒想到，牠們把建築工程估計得這麼周到！原本就應該讓巢的一邊增長得比另一邊快。雌燕子把巢的左邊堆到頂，雄燕子沒有把巢的右半邊堆完，於是巢就變成缺了一角的泥圓球，右上角的缺角是故意留的洞口。不用說，牠們的巢就應該是這個樣子，那是牠們家的門呀！要不然燕子怎麼進出牠們的家呢？我當初罵雄燕子懶惰，真是冤枉牠了。

今天是第一次雌燕子留在巢裡過夜。

六月三十日，巢做好了。雌燕子一直待在巢裡不出門，大概是產下第一顆蛋了。雄燕子不時的為雌燕子啣來一些小蟲，還不停的唱著，唧唧喳喳歡天喜地的說著賀詞。

那一群燕子又飛來拜訪了。牠們一隻一隻從巢旁邊飛過去，向巢裡張望，在巢前面拍著翅膀。這時候，女主人從巢裡探出頭來，說不定牠們在親吻這位幸福的女主人，祝福牠呢！這一群客人唧唧喳喳叫了一陣子，然後飛走了。

大雄貓時常爬上屋頂，往屋簷下張望。牠是不是焦急的等待著巢裡的小燕子出生呢？

七月十三日，兩個星期以來，雌燕子一直在巢裡，不常出來。只在中午，一天當中最暖和的時候，才飛出來一會兒，那時候嬌嫩的蛋不容易著涼。牠在屋頂上面盤旋，捉幾隻蒼蠅吃，然後飛到池塘邊，低低的掠過水面，張嘴喝水，喝夠了，又回到巢裡。

可是今天，燕子夫妻開始一起忙忙碌碌的飛出飛進了。有一次，我看見雄燕子嘴裡啣著一塊白色的甲殼，雌燕子嘴裡啣著一隻小蟲。不用說，巢裡已經有小燕子了。

七月二十日，不得了啦！不得了啦！大雄貓爬上了屋頂，幾乎把整個身體從梁木上倒掛下來，想用爪子去巢裡掏小燕子。巢裡的小燕子啾啾的叫得好可憐呀！

這時候，不知道哪裡飛來一大群燕子，大聲叫著，急急飛著，就要撞到大雄貓的臉了。哎唷！一隻燕子差點被大雄貓捉到！大雄貓又向另一隻燕子撲過去——

太好了！大雄貓撲了個空，腳一滑，從梁木上摔下去了……

大雄貓沒摔死，喵嗚叫了幾聲，用三隻腳一拐一拐的走了。

真是活該！這下子，牠再也不敢去騷擾燕子了。

摘自一位少年自然科學家的日記

森林通訊員　維利卡

小燕雀和牠的媽媽

我家的院子綠樹成蔭，花草繁茂。

我在院子裡散步，突然從我的腳底下飛出一隻小燕雀，牠的頭上有兩撮絨毛，像犄角一樣。牠飛了起來，但馬上又掉下去。

我捉住牠，帶到屋子裡。父親叫我打開窗戶，把牠放在窗口。不到一個鐘頭，小燕雀的爸爸媽媽就飛來餵牠了。

牠就這樣在我家裡住了一天。晚上，我關上窗戶，把小燕雀放在籠子裡。早晨五點，我醒來的時候，看見小燕雀的媽媽站在窗台上，嘴裡叼著一隻蒼蠅。我趕緊起來，打開窗戶，然後躲在屋角偷偷觀察。

過了一會兒，小燕雀的媽媽又飛來停在窗台上。小燕雀唧唧啾啾的叫著，牠肚子餓，要東西吃呢！這時候，燕雀媽媽才下定決心飛進屋子裡，跳到籠子前面，隔著籠子餵小燕雀。

牠飛去找食物時，我把小燕雀從籠子拿出來，送到院子裡。等我想起來，再去看小燕雀時，牠已經不在那裡了，燕雀媽媽把孩子領走了。

神祕的鐵線蟲

在河流、湖泊和池塘裡，甚至只是普通的水坑裡，有一種叫做「鐵線蟲」的神祕生物。牠長得像一條棕紅色的線，更像用鉗子鉗斷的一段鐵絲。牠非常堅硬，把牠放在石頭上用石頭敲，牠也毫髮無傷，照樣能伸長、縮短或是盤成一團。

鐵線蟲在水裡交配繁殖。雌鐵線蟲的肚子裡裝滿了卵，產下的卵在水裡孵化出吻部有鉤刺的幼蟲。牠們被水生昆蟲的幼蟲吃進肚子裡而寄生在水生昆蟲幼蟲的體內。如果牠們寄生的「寄主」沒有被水蜘蛛或是昆蟲吃進肚子裡，牠們的一生就算是結束了。不過，如果能夠隨著寄主被捕食而轉換新寄主，牠們就能在新的寄主體內發育成成蟲，最後再伺機回到水中，進行繁殖。

用槍打蚊子

國立達爾文禁獵禁伐區的辦公大樓和宿舍座落在一座半島上，周圍是雷濱海。這是一片新形成的海，特殊的海，不久以前這裡還是一片森林。水很淺，有些地方還有樹梢露出水面。這裡的水是淡水，而且很溫暖，因此，裡面住著數不清的蚊子。這些吸血鬼鑽到科學家的實驗室、餐廳和臥室，鬧得大家工作都做不好，飯也吃不下，覺也睡不好。

晚上，每間房間都傳出霰彈槍的槍聲，此起彼落。

出了什麼事呢？沒有什麼特別的事，只不過是用槍打蚊子。

當然，子彈筒裡裝的不是子彈，也不是鉛霰彈。科學家先把少量打獵用的火藥裝進彈殼裡，堵上結實的填彈塞，再裝入殺蟲藥粉並塞上，不讓殺蟲藥粉漏出來。

一開槍，殺蟲藥粉就像微細的灰塵遍撒在整個房間裡，鑽到所有的縫隙中，把蚊子都殺死了。

少年自然科學家的夢

一位少年自然科學家準備在班上作報告，題目是：怎樣跟森林和田地裡的害蟲作戰。他用心的蒐集各種資料。

他讀到這樣的資料：用機械和化學方法消滅甲蟲，設備的費用超過十三億七千萬盧布。徒手捉了一千三百零一萬隻甲蟲，把這些甲蟲裝在火車裡，會裝滿八百一十三節車廂……。為了和昆蟲作戰，每一公頃的土地每天要有二十到二十五位人員投入工作……。

少年自然科學家讀得頭昏腦脹。像蛇一樣長的數字，拖著由許多零構成的大尾巴，在他眼前晃來晃去、轉上轉下……還是上床睡覺吧！

結果，惡夢折磨了他一個晚上。多得沒完沒了的甲蟲、幼蟲和青蟲從黑沉沉的森林裡爬出來，把田地團團圍住，要毀掉田地。他用手捏死一些蟲子，又拉了水管用殺蟲藥水澆牠們，可是蟲子一點也沒有減少，還源源不絕的湧過來。牠們經過哪裡，哪裡就變成一片荒漠……少年自然科學家被惡夢嚇醒了。

到了早晨，他發現事情並不是那麼可怕。少年自然科學家在他的報告裡建議：在飛禽節那天，大家要做好許多椋鳥房、山雀房和樹洞式人造鳥巢。因為小小的鳥兒捉甲蟲、幼蟲和青蟲的本領，比人厲害多了，而且牠們不拿工資，免費工作！

請試驗一下！

據說，在周圍有鐵絲網但沒有遮蓋的養禽場上面，或是在沒有頂的籠子上面，交叉拉幾條繩子，那麼貓頭鷹，甚至是鵰鴞，在撲向鐵絲網或籠子裡的家禽以前，都會先停在繩子上歇歇腳。在貓頭鷹看來，繩子很堅固。可是牠只要一落到繩子上，就會倒栽蔥，因為繩子太細了，而且沒有拉緊。

貓頭鷹倒栽蔥以後，會頭朝下一直掛到第二天早晨。因為在這種情況下，牠不敢拍翅膀，怕會栽到地上摔死。天亮的時候，就可以去把這個小偷從繩子上取下來。

請試驗一下這是不是事實。繩子可以用粗鐵絲代替。

神奇的測釣計

還有一個傳聞：據說，你想去哪個湖或哪條河釣魚，可以先從那個湖或河撈幾條小河鱸，養在魚缸或裝果醬的大玻璃罐裡。這樣，你就隨時可以知道適不適合去那條河或湖釣魚。在出發之前，先餵魚缸裡的小河鱸，如果牠們活潑的游過來搶食飼料，就表示那天很容易釣到魚，河裡的河鱸和其他魚會踴躍的吞食釣餌。如果魚缸裡的魚不吃飼料，就表示那天河或湖裡的魚，食慾也不好，可能是氣壓有了變化，馬上要變天了，也許會有雷雨。

魚類對空氣和水裡的變化非常敏感，可以根據牠們的行動，預測數小時後的天氣。每位愛釣魚的人都應該試驗一下，看看魚類這種「活氣壓計」，在室內和在露天的環境下，是不是同樣準確。

天上的大象

天上飄來一塊烏雲，黑壓壓的，活像一頭大象。它不時把長鼻子拖到地上。大象鼻子一觸到地，就從地上揚起一片塵埃。塵土像一根柱子似的旋轉著，旋轉著，越來越大，終於和天上的大象鼻子連在一起，成了一根上頂天、下接地且不停旋轉的大柱子。大象把大柱子摟在懷裡，繼續在天空奔馳。

天上的大象跑到一座小城市上空，懸在那裡不走了。忽然，從它身上灑下了雨點。好大的雨呀！簡直是傾盆大雨！屋頂和人們撐在頭上的雨傘，全都乒乒乓乓的響了起來。猜猜看，是什麼東西敲得它們發出聲響？是蝌蚪、青蛙和小魚！牠們在大街上的水窪裡亂蹦亂跳。

後來大家才知道，這塊像大象的烏雲靠著龍捲風，從一座森林的小湖吸起了大量的水，連同水裡的蝌蚪、青蛙和小魚一起在天上跑了好幾公里，然後把攜帶的東西丟在小城市裡，又繼續向前跑了。

綠色的朋友

以前，我們的森林大得像是無邊無際。可是，從前的人不知道保護森林、愛惜森林。他們毫無節制的砍伐樹林、濫用土地。

森林被砍光的地方，變成了沙漠和溝壑。

農田的周圍沒有了森林，乾熱的風會從遙遠的沙漠刮過來，向農田進攻。火熱的沙子掩蓋了田地，作物都熱死了。誰也沒辦法保護它們。

江河、池塘以及湖泊的岸邊沒有了森林，逐漸乾涸，溝壑便開始向農田進攻……

於是，大家對乾風、旱災和溝壑宣戰了。

這時，我們綠色的朋友，森林，就成了好幫手。

哪裡的江河、池塘和湖泊沒有遮蔭，需要保護它們不受烈日烘烤，我們就派森林到那裡去。雄偉的森林像大漢一樣，挺起魁梧的身軀，用頭髮蓬鬆的腦袋，遮住江河、池塘和湖泊，不讓太陽晒到它們。

狠毒的乾風總是從遙遠的沙漠帶來熱沙，把耕地掩埋起來。哪裡的田地需要保護，我們就在那裡造林。森林大漢挺起胸脯，擋住了狠毒的乾風，像一道銅牆鐵壁護衛著田地，不讓田地受到乾風侵害。

哪裡耕鬆的土地往下坍塌，溝壑迅速擴大，狼吞虎嚥的吞噬田地的邊緣，我們就在那裡造林。我們綠色的朋友在那裡用強而有力的根緊緊抓住土壤，穩固土地，攔住到處亂爬的溝壑，不許它吞噬我們的田地。

征服旱災的戰鬥正在進行著。

重造森林

季赫溫斯基區好幾處森林以前都砍光了，目前正在重新造林，在兩百五十公頃的土地上種植了松樹、雲杉和西伯利亞落葉松。從前那裡有兩百三十公頃的樹木被砍伐得一乾二淨。現在那裡的土地全翻鬆了，好讓砍剩的樹木所結的種子，落在地上容易發芽。

其中有十公頃地種植了西伯利亞落葉松，苗木長出了粗壯的芽。栽種這種林木，可增加列寧格勒省貴重建築木材的產量。

那裡還開闢了一座苗圃，培育許多種可作為建築木材使用的針葉樹和闊葉樹。還計畫培育許多種果樹和可提供橡膠的灌木：瘤枝衛矛。

列寧格勒塔斯通訊社

祝你鉤鉤不落空！

釣魚和天氣

夏天，刮大風或是有雷雨的時候，魚兒會游到避風的地方去，像是深坑、草叢、莞草叢等等。如果一連幾天天氣都不好，所有的魚都會游到最偏僻的地方，變得無精打采的，也不想進食。

天氣熱的時候，魚會游到涼快的地方，像是有泉水從地下冒出來的地方，那裡的水比較涼爽。夏日炎炎的時期，只有早晨涼爽和傍晚暑氣略消的時候，魚才肯上鉤。

夏季乾旱的時候，河流和湖泊的水位降低，魚會躲到深潭。但是深潭裡沒有足夠的食物。所以，釣魚的人只要找到合適的地方，就可以釣到不少魚，尤其是用餌料釣。

最好的餌料是麻油餅，先把它放在平底鍋煎一下，用缽搗爛，然後與煮爛的麥粒、米粒或豆子和在一起，或是撒在蕎麥粥、燕麥粥裡，這樣可以使餌料發出新鮮的麻油味。鯽魚、鯉魚和許多魚類都非常喜歡這種氣味。得天天撒餌料餵牠們，使牠們習慣這個地方，河鱸、狗魚、梭鱸、赤稍魚等掠食性的魚類，之後也會跟隨牠們游到這裡來。

時間不長的小雨或雷雨會把水變涼一些，大大引起魚的食慾。霧散了以後，天氣晴朗時，魚也容易上鉤。

根據氣壓計、魚上鉤的情況、雲彩、日出即散的夜霧和朝露，誰都能學會預測天氣的變化！鮮明的紫紅色霞光，代表空氣裡水蒸氣很多，可能會下雨。相反的，淡金紅色的霞光代表空氣乾燥，也就是說，最近幾小時之內不會下雨。

除了用帶浮標和不帶浮標的普通釣竿釣魚以外，還可以乘著小船，一邊划船一邊釣魚。只要預備好一條強韌的長繩子，大約五十公尺長，接上一段鋼絲或牛筋線，再預備一條假魚就夠了。把假魚綁在繩子上，拖在小船後面，離小船約二十五至五十公尺遠。小船上要有兩個人，一個人划船、一個人拉繩子。把假魚拖在水底或水中走。河鱸、狗魚、梭鱸等掠食性魚類看見假魚從頭上游過，以為是真魚，會游過來一口吞下，於是扯動繩子。拉繩子的人感覺到有魚上鉤了，就把繩子慢慢拉回來。利用

這個方法捉到的魚往往是大魚。

湖邊最適合用假魚和長繩子釣魚的地方是：又高又陡且灌木叢生的峭壁下；雜亂堆著一些倒木的深坑裡；還有水面寬闊的地方，莞草和草叢附近。如果是在河裡，得沿著陡岸划船，或是在水深而平靜、水面寬闊的地方划船。要避開石灘和淺灘，或是在石灘、淺灘的上游或下游。

用假魚釣魚的時候，船要慢慢的划，尤其是風平浪靜的時候，因為在這種情況下，即使隔得很遠，槳輕輕的觸碰水面，魚也能聽見。

捕捉螯蝦

五月、六月、七月、八月是捉螯蝦的好時候。

但是必須先了解螯蝦的生活。

螯蝦有十隻腳，最前面一對是螯，其餘四對是步足。小螯蝦是從卵孵化出來的，不過，雌螯蝦並不是把卵產到水裡，而是讓卵附著在牠腹部的「腹肢」上。每隻雌螯蝦約產一百粒卵，卵附在雌螯蝦身上過冬，到初夏才孵化出跟螞蟻一樣大的小螯蝦。

以前認為只有精明的人才知道螯蝦躲在什麼地方過冬。可是現在，大家都知道螯蝦是在河岸和湖岸的小洞穴裡過冬。

螯蝦具有堅硬的外殼，但是外殼不會隨著身體生長而變大，所以需要換殼。螯蝦孵化出來的第一年要換八次甲殼；成年後，一年換一次。脫掉舊殼後，螯蝦會躲在洞裡，等身上的新殼變硬了才出來。許多魚都愛吃剛蛻殼的螯蝦。

螯蝦習慣夜間活動，白天躲在洞裡。不過，只要牠察覺到有獵物出現，往往連大太陽也不顧了，就從洞裡跑出來捕食。這種時候，可以看到從水底冒上來一串串的氣泡，那是螯蝦呼出來的氣。水裡各種小魚、小蟲都是螯蝦的食物。不過，牠最愛吃的是腐肉，在很遠的地方就能聞到腐肉的氣味。

捉螯蝦的人就是用這種餌料，小塊臭肉、死魚、死青蛙等等，趁晚上螯蝦從洞裡出來，在水底徘徊覓食的時候捉牠。

把餌料綁在螯蝦網上。螯蝦網綳在兩個直徑三十至四十公分的木箍或鐵絲箍上。一定要防止螯蝦一進網就把網內的腐肉拖走。用細繩子把螯蝦網綁在長竿的一端。人站在岸上，把螯蝦網浸到水底。螯蝦多的地方，很快就有許多螯蝦鑽進網子裡，出不來了。

還有一些比較複雜的捕捉方法，但最簡單而收穫最大的辦法是：在水淺的地方涉水找到螯蝦的洞穴，用手捉住螯蝦的背，把螯蝦從洞裡拖出來。有時候，當然會被螯蝦鉗住手指頭，不過，這一點也不可怕。當然，我們也不建議膽小的人使用徒手捉螯蝦這個辦法。

如果你隨身帶著一口小鍋、蔥、薑和鹽，就可以當場在岸上煮開一鍋水，把螯蝦和蔥薑一起放進鍋裡煮。在暖和的夏夜，滿天星斗，在小河邊或湖邊的篝火旁煮螯蝦吃，實在太享受了！

林中大戰（三）

小白樺的命運跟野草、小山楊差不多，都被雲杉遮蓋而全軍覆沒。

現在，雲杉在那塊砍伐跡地上稱霸，它們再也沒有敵人了。我們的通訊員收拾好帳篷，搬到另一塊砍伐跡地去。伐木工人在那裡砍伐樹木是前年，而不是去年。

通訊員在那裡目睹了霸占者雲杉在戰爭之後第二年的景況。

雲杉種族很強大，不過，它們有兩個弱點。

第一個弱點是：它們扎在土裡的根雖然伸得很遠，可是扎得不深。秋天時，狂風在廣闊寬敞的砍伐跡地上到處怒號。許多小雲杉都被風刮倒了，被風暴從土裡連根拔了出來。

第二個弱點是：雲杉在幼年期還不夠健壯，因而很怕冷。小雲杉樹上的芽全凍死了，有些樹枝很瘦弱，也都被寒風吹斷了。

到了春天，原本被雲杉征服的土地，一棵小雲杉也沒有了。雲杉並不是每年結種子。它們雖然很快就取得勝利，但是勝利並不鞏固。有很長一段時間，它們喪失了戰鬥力。

狂暴的野草一族，第二年春天剛從土裡鑽出來，就打起仗了。這一回，它輪到跟小山楊、小白樺打仗。

可是，小山楊、小白樺長高後，不費什麼勁就把纖細而有彈性的野草從身上抖落。草緊密的包圍住它們，反而對它們有利。去年的枯草像厚厚的地毯覆蓋在地上，腐爛後發熱。而新長出來的青草，掩蓋著剛出生的嬌嫩樹苗，保護它們不受可怕的早霜侵害。

小山楊和小白樺都長得很快，矮小的青草怎麼也追不上它們。青草落後了，一旦落後，它馬上就不見天日了。

每一棵小樹長到比青草高的時候，就立刻伸展自己的枝葉，把草遮蓋住。山楊和白樺雖然沒有雲杉那種又密又暗的針葉，不過，它們的葉子很寬，樹蔭很大。

如果小樹分布得很稀疏，野草種族還挺得住，可是在整個砍伐跡地上，小山楊和小白樺都是密集成群的生長。它們同心協力的戰鬥，把手臂似的樹枝連接起來，一排排緊緊靠在一起，形成了一個嚴密的樹蔭帳篷。青草在底下照不到陽光，就死去了。

過了不久，我們的通訊員就看見結果了：開戰後第二年，山楊和白樺完全勝利了。

於是我們的通訊員又搬到第三塊砍伐跡地去觀察。

他們在那裡會看見什麼呢？我們將在下一期的《森林報報》報導。

田裡的植物長高了

黑麥長得比人還高，已經開花了。田公雞灰山鶉在麥田裡散步，好像在樹林裡似的。雄灰山鶉帶著雌灰山鶉，後面跟著牠們的小寶寶，像小黃球似的滾呀滾的，原來小灰山鶉已經孵出來，而且從巢裡跑出來了。

農村的村民忙著割草。有的地方用鐮刀割，有的地方用割草機割。割草機揮動著「翅膀」駛過草地。芬芳多汁、高高的牧草，在它後面倒下來，一行一行筆直筆直的，整齊極了。

菜園裡的畦壟上，綠油油的蔥長高了。孩子們正在那裡拔蔥。

女孩和男孩一起去採莓果。這個月初，在小

山崗向陽的斜坡上，甜甜的野草莓熟了。現在正是野草莓結得最多的時候。森林裡的歐洲越橘也快熟了，篤斯越橘也快熟了。森林中長滿苔蘚的沼澤地裡，雲莓從白色變成了紅色，又從紅色變成了金黃色。你喜歡吃什麼樣的莓果，就採什麼樣的莓果吧！

孩子們還想多採一些，可是家裡的工作還很多，得打水去澆菜園，還要除菜畦裡的雜草。

牧草的抱怨

牧草在抱怨。它們說，農村的村民欺負它們。

牧草剛準備開花，有些已經開花了，從小穗裡伸出了白色的羽毛狀柱頭，沉甸甸的花藥掛在纖細的絲上。突然間，來了一批割草的人，把所有的牧草齊根割了下來。現在它們開不成花了，只能重新生長了！

森林通訊員調查了這件事。原來農村的村民割下牧草、晒乾，是為了幫牲口儲備足夠在冬天吃的乾草。因此，村民把牧草齊根割下來、晒乾，這件事做得很對。

田裡噴灑奇妙的水

這種奇妙的水噴到雜草身上，雜草就死了。對它們說來，這是喪命的水。可是奇妙的水噴到作物身上，作物卻仍舊精神百倍的立在那裡。對它們來說，這是活命的水，對它們不僅沒有害處，還能改善它們的生活——消滅它們的仇敵，雜草。

被太陽晒傷

農村裡，有兩隻小豬在散步時被陽光灼傷了背脊。灼傷的地方起了水泡。農村的人馬上請獸醫來為小豬診治。在炎熱的時候，得禁止小豬外出散步，就連和豬媽媽一起去都不行！

避暑的人失蹤了

農村裡來了兩位避暑的女客人。不久前的一天，她們忽然失蹤了。大家找了半天，才在距離農村三公里遠的乾草堆上找到她們。

原來她們兩個迷路了。早上，她們到河裡去洗澡，記得自己是從淡藍色的亞麻田走過去的。午後，她們要回去時，那塊淡藍色的田怎麼找也找不到，於是就迷路了。

亞麻的花是淡藍色的，所以這兩位避暑的女客人看到淡藍色的田，可是她們不知道亞麻是清晨開花，到了中午花就凋謝了，亞麻田就從淡藍色變成了綠色。

母雞去度假

今天早晨，農村裡的母雞動身到「度假村」去了。牠們這一次旅行是乘坐汽車，不過，晚上還是住在自己的房舍。

母雞的度假村就在收割過的田裡。麥子收割完了，只剩下一截短短的麥稈和掉落在田裡的麥粒。為了不讓麥粒白白浪費，所以把母雞送到這裡來「度假」。這裡成了臨時的母雞村。等到母雞把麥粒啄食完，就立刻坐上汽車到新的地方去啄食麥粒！

憂慮的綿羊媽媽

綿羊媽媽非常著急，因為牠們的小羊要被人帶走了。不過，三、四個月大的小羊算是成年了，不能還跟在媽媽身邊轉，要讓牠們習慣獨立生活。以後，小羊就獨立成群一起吃草了。

進城去？

覆盆子、醋栗和歐洲醋栗成熟了，該從農村動身進城去了。

醋栗不怕路途遙遠，它說：「我撐得住。越早叫我走越好。我現在還沒有熟透，還是硬的。」

歐洲醋栗也說：「把我包裝得好一點，我能安然無恙的到達。」

可是覆盆子卻洩氣的說：「不要碰我比較好，把我留在原處吧！生活中最不幸的事就是顛簸。顛呀顛的，就把我顛成一堆醬了！」

混亂的餐廳

五一農村的池塘裡有幾根木頭露出水面，上面有塊牌子寫著「魚的餐廳」。每一間像這樣的水中餐廳都擺著一張有邊的大桌子，但沒有椅子。每天早晨，木牌周圍的水就像沸騰了一樣，因為大群的魚兒心急的等著吃飯！魚是不守秩序的，大家你碰我撞的亂成一團。

七點鐘，廚房的人員乘著小船為水中餐廳送飯來了。有煮馬鈴薯、用雜草種子做的丸子、晒乾的金龜子和許多好吃的東西。在這個時間，餐廳裡的魚多得不得了！每間餐廳至少有四百條魚在吃飯。

一位少年自然科學家講的故事

有一天中午，牧童跑來大喊著：「牛發瘋了！」

我們大家趕緊跑到樹林去看。天啊！那裡真嚇人！母牛亂跑亂叫，用尾巴抽打自己的背，還往樹亂撞，不小心會把頭撞破呢！再不然，可能會把我們都踩死！

我們趕緊把牛群趕到別的地方。這到底是怎麼一回事？

原來是毛毛蟲闖的大禍。一條條毛蓬蓬的咖啡色大毛蟲，爬滿了所有的櫟樹。有的樹枝已經光禿禿的，樹葉全被牠們啃光了。毛毛蟲身上的毛脫落下來，被風吹得到處飛揚。飛進了牛的眼睛，刺得牛好痛！真是可怕極了！

這裡的杜鵑鳥真不少！我這輩子從來沒看過這麼多杜鵑鳥！除了杜鵑之外，還有金色帶黑條紋的美麗黃鸝，以及翅膀上有淡藍色花紋的紅褐色松鴉。周圍的鳥都飛到這片櫟樹林了。

結果怎樣呢？你能想像嗎？所有的櫟樹都挺過來了。還不到一個星期，所有的毛毛蟲都被鳥兒吃掉了。鳥兒真厲害，是不是？要不然，我們這片小樹林可就完蛋了！

尤蘭

打獵的故事

不獵鳥，也不獵獸

夏天打獵，不是獵飛禽，也不是獵走獸。與其說是打獵，不如說是打仗。夏天，人類有很多仇敵。例如你開闢一塊菜園種蔬菜，常常澆水，可是，你能不能保護蔬菜不受仇敵侵害呢？

在菜園裡用竹竿豎立一個稻草人，是解決不了問題的。稻草人可以幫助你對付麻雀和其他的鳥，不過，效果不太好。

菜園裡有一批敵人，不僅不怕稻草人，就連帶槍的人也不怕。用木棒捶不死牠們，開槍也打不到牠們。對付牠們要有計謀。要擦亮眼睛，時時刻刻防備牠們。別看牠們個子小，調皮搗蛋的本事可是比其他的敵人還厲害呢！

會跳的敵人

蔬菜上出現了一種背上有兩道白條紋的黑色小甲蟲。牠們像跳蚤一樣在菜葉上跳啊跳。大事不妙，菜園要遭殃了！

菜園裡的葉蚤是很可怕的敵人。才兩、三天的時間，牠們就能毀掉好幾公頃的菜園。牠們把還沒長好的嫩葉咬得千瘡百孔，把長好的葉子啃得破破爛爛，菜園等於是完蛋了！小油菜、蕪菁、蕪菁甘藍和甘藍最怕這種葉蚤了。

殲滅葉蚤

殲滅葉蚤的戰鬥開始了，得準備好武器：繫有小旗子的長矛，小旗子兩面塗上厚厚的膠水，只留下面一條約七公分寬的邊不塗膠水。帶著這個武器到菜園裡，在菜畦間來來回回的走，在蔬菜上面揮動小旗子，只讓沒塗膠水的邊碰到蔬菜。葉蚤往上一跳，就被膠水黏住了。可是，這樣還不能算是打了勝仗。敵人的大批生力軍還會向菜園進攻。

第二天一大早，草上的露水還沒乾，就得起床。用一面細篩子把爐灰、菸草粉或是熟石灰撒在菜葉上。如果是大面積的菜園，這項工作不是徒手來做，而是利用飛機來撒播。

這些粉末能驅除菜園裡的葉蚤，而且對青菜沒有害處。

會飛的敵人

蛾和蝶比葉蚤還要可怕。牠們偷偷的在菜葉上產卵，卵孵化成幼蟲後，啃食菜葉和菜莖。

危害最大的蛾和蝶，白天出現的有：大紋白蝶和紋白蝶，這兩種蝴蝶都是白色的翅膀，上面有黑斑點，但大紋白蝶比較大。在夜裡出現的有：個子小、棕褐色的菜野螟；全身毛茸茸、灰褐色的甘藍夜蛾；個子很小、淺灰色的小菜蛾。

跟牠們作戰，只需要動手，不用帶武器：只要找到牠們的卵，用手捏碎就行了。還有一個辦法，像驅除葉蚤那樣，在菜葉上撒一些爐灰、菸草粉或是熟石灰。

還有一種敵人，比前面說的那些還要可怕，牠們直接向人進攻。這種敵人，就是蚊子！

在不流動的死水裡，有許多身上有毛的小蟲游來游去；還有許多小得幾乎看不見的蛹，頭胸部跟身體比起來，大得很不相稱，還長著小小的角。這是蚊子的幼蟲和蛹，蚊子的幼蟲又叫「孑孓」。水裡還有蚊子的卵，有些黏在一起，像小船似的浮在水面，有些附著在水邊的草上。

可怕的蚊子

蚊子有很多種類。有一類的蚊子，人被叮咬後，只覺得有點痛，起個紅疙瘩。這是普通的蚊子，並不可怕。

有一類的蚊子，人被叮咬後，會得「瘧疾」。罹患這種病的人，一會兒熱得要死，一會兒冷得要命。覺得冷的時候，直打哆嗦，好轉一兩天，又開始惡寒高燒。這一類的蚊子就是「瘧蚊」。

外表看起來，這兩大類蚊子長得很像，不過，雌瘧蚊口器兩旁的觸鬚很長，跟口器差不多長。雌瘧蚊體內帶有致病的微生物「瘧原蟲」。瘧蚊叮人的時候，瘧原蟲就進到人的血液裡，破壞血球，使人生病。

科學家使用放大倍數很高的顯微鏡，研究瘧疾病患的血液，才發現原來是瘧原蟲在作怪，用肉眼什麼也看不出來。

撲滅蚊子

光靠用手打沒辦法消滅蚊子。當蚊子還是孑孓，住在水裡的時候，科學家就開始跟牠們作戰了。

用玻璃瓶從沼澤裡舀一瓶有孑孓的水，滴一滴煤油在這瓶水裡，看看會發生什麼變化。煤油會在水面漫開來，孑孓開始像小蛇似的扭動身體，蛹則是一會兒沉到瓶底，一會兒飛快的上升。

孑孓用尾巴，蛹用小角，想衝破那一層煤油薄膜。煤油封住了水面，孑孓和蛹無法呼吸到水面上的空氣，於是統統悶死了。人們就是用這個方法和其他許多方法跟蚊子作戰。

在沼澤地帶，大家被蚊子吵得不得安寧時，就把煤油倒進死水裡。一個月倒一次煤油，就能使水坑裡的蚊子絕子絕孫了。

稀罕的事

我們這裡發生了一件稀罕的事。

一位牧童從森林邊的牧場跑回來，大喊著：「小牛被咬死啦！」

村裡的村民驚叫不已，擠牛奶的女工甚至大哭起來。被咬死的，是村子裡最好的小牛，還在展覽會上得過獎呢！

大家丟下手邊的工作，往牧場跑。

被咬死的小牛躺在牧場一個偏僻的角落，就在樹林邊。牠的乳房被咬掉了，脖子靠近後頸的地方也被咬斷了，其他部位卻沒有什麼傷痕。

「是熊咬的，」獵人謝爾蓋說：「熊總是這樣，一咬死獵物就扔下走了，等肉臭了再來吃。」

「沒錯！就是這樣，」獵人安德烈說：「這沒什麼好爭論的。」

「大家可以回去了，」謝爾蓋說：「我們在這棵樹上搭一個棚子。熊要是今天晚上不來，說不定明天夜裡就會來。」

就在這時候，大家想到了另一位獵人，塞索伊奇。他個子小，擠在人群裡很不顯眼。

「要不要跟我們一起守候？」謝爾蓋和安德烈問他。

塞索伊奇沒有回答。他轉身走到一邊，仔細查看地上。

「不對，」他說：「熊不會到這裡來的。」

謝爾蓋和安德烈聳聳肩膀說：「隨便你怎麼說！」

村裡的村民回去了，塞索伊奇也走了。

謝爾蓋和安德烈砍了一些樹枝，在附近的松樹上搭了一個棚子。

這時候，塞索伊奇帶著槍和他的獵狗小霞回來了。

他又仔細查看了小牛周圍的地上。不知為什麼，還查看了附近的幾棵樹。之後，他就到樹林裡去了。

那天晚上，謝爾蓋和安德烈躲在棚子裡守候。

守候了一夜，沒有守候到熊。

又守候了一夜，還是沒有守候到。

第三夜，熊還是沒來。

兩位獵人守得不耐煩，就聊了起來：

「可能有什麼線索，我們沒有注意到，可是塞索伊奇注意到了。他說得對，熊的確沒有來。」

「我們去問他，怎麼樣？」

「問熊嗎？」

「幹麼問熊呀！問塞索伊奇。」

「沒有別的辦法了，只好去問他。」

他們去找塞索伊奇，塞索伊奇剛從樹林裡回來。

塞索伊奇把一個袋子扔到地上，然後開始擦他的槍。

謝爾蓋和安德烈說：「你說的沒錯，熊真的沒有來。這究竟是怎麼回事？我們想請教你。」

「你們有聽過這種事嗎？」塞索伊奇反問他們：「熊把牛咬死，咬掉乳房，卻丟下牛肉不吃？」

兩位獵人答不出話來，你看我、我看你。熊的確不會這樣做。

「你們查看過地上的腳印嗎？」塞索伊奇繼續追問。

「有啊，腳印很大。」

「腳爪很大嗎？」

這句話把兩位獵人問倒了。

「嗯，沒有看到爪痕……」

「是啊！如果是熊的腳印，一眼就可以看見爪痕啦！現在，你們說說看，哪一種動物走路的時候會把腳爪縮起來？」

「狼！」謝爾蓋想也不想，就脫口而出。

塞索伊奇哼了一聲說：「好會辨別腳印的獵人啊！」

「別扯了！」安德烈說：「狼的腳印跟狗腳印一樣，只是大一點、窄長一點。那是大山貓！大山貓走路時會把爪子縮起來，所以大山貓的腳印圓圓的，沒有爪痕。」

「是啊！」塞索伊奇說：「咬死小牛的凶手就是大山貓。」

「你是開玩笑吧？」

「不信的話，請看袋子裡的東西。」

謝爾蓋和安德烈急忙把袋子打開，一看，裡面是一張紅褐色帶有斑點的大山貓皮。

原來，咬死小牛的凶手就是牠！至於塞索伊奇怎樣在樹林裡追上大山貓，又是怎樣把牠打死，就只有他和他的獵狗小霞知道。他們知道，可是絕口不提，不說給別人聽。

大山貓咬死牛，這種事很少見，偏偏我們這裡就發生了！

東南西北
無線電通報

大家注意！

我們是列寧格勒《森林報報》編輯部。

今天，六月二十二日，是夏至，一年當中白晝最長、黑夜最短的一天。今天，我們要跟全國各地舉行無線電通報。

苔原！沙漠！森林！草原！海洋！山岳！都請注意！現在是盛夏，白晝長、黑夜短。請報告你們那裡目前的情況。

這裡是北冰洋群島！

你們說的是什麼樣的黑夜呀！我們根本就忘記了什麼是黑夜，什麼是黑暗。

我們這裡的白晝最長了，整整二十四小時都是白天！太陽在天空上升又下降，卻不會沉落到海裡。這樣的情況差不多要持續三個月。

我們這裡總是一片光明，因此，地上的草長得快極了，像童話裡講的那樣，不是一天一天的生長，而是一小時一小時的生長。葉子越來越茂盛，花兒越開越多。沼澤裡長滿了苔蘚。連光禿禿的石頭上也布滿了五顏六色的植物。

苔原甦醒了！

確實，我們這裡沒有美麗的蝴蝶、漂亮的蜻蜓、伶俐的蜥蜴、青蛙和蛇。更沒有冬天躲到地底下，在洞穴裡睡覺過冬的各種動物。這裡的土地一年到頭都被冰封鎖，即使是仲夏，也只有地面的一層解凍。

一大群一大群的蚊子，在苔原上空嗡嗡的飛翔，可是我們這裡沒有以殲滅蚊子聞名的蝙蝠。牠們肯定住不慣我們這裡，因為牠們都在傍晚和夜裡追捕蚊子，可是我們這裡整個夏天都沒有黃昏和黑夜，就算牠們飛到這裡來「過夏」，也活不下去！

我們這裡的島嶼，動物種類不多。只有兔尾鼠、雪兔、北極狐和馴鹿。兔尾鼠是短尾巴的齧齒動物，跟老鼠差不多大。偶爾會有北極熊游到我們這裡來，在苔原上搖搖擺擺的走來走去，尋找小動物吃。

不過，我們這裡鳥兒非常多，多得數不清！雖然很多陽光照不到的地方還有積雪，但是已經有大批鳥兒飛到我們這裡來了，像是角百靈、鷚、雪鵐、鶺鴒等各種善於鳴唱的鳥。還有海鷗、潛鳥、鴴鳥、野鴨、雁、暴風鸌、海鴉、模樣滑稽的花魁鳥，以及許多稀奇古怪的鳥，也許你聽都沒聽過。

到處是叫聲、喧鬧聲、歌聲。整片苔原，就連光溜溜的岩石上都有鳥巢。有些岩石上擠滿了成千上萬的鳥巢，石頭上即使是只能容納一顆蛋的淺凹處，也都成了鳥巢。熱鬧喧騰，簡直像是鳥的市場！如果有猛禽膽敢飛進這些地方，就會飛起一大群鳥撲向牠，鳥的叫聲震耳欲聾，鳥的嘴喙像雨點般啄過去。親鳥總是奮力保護自己的孩子！

你看，現在我們苔原多麼歡樂呀！

你也許會問：「既然你們那裡沒有黑夜，那麼鳥獸什麼時候休息、睡覺呢？」牠們幾乎不睡覺，沒有時間睡呀！打個盹兒，又開始工作：有的餵自己的孩子，有的築巢，有的孵蛋。大家都有一大堆工作，全都忙得不可開交，因為我們這裡的夏季很短呀！

這裡是中亞沙漠！

我們這裡恰好相反，現在什麼都睡覺了。

毒辣的太陽把草木都晒枯了。我們根本想不起來最後一場雨是多久之前下的。說也奇怪，怎麼草木沒有全枯死呢？

駱駝刺這種植物差不多有半公尺高，但是它的根鑽到火熱的土地裡有五、六公尺那麼深，因而能吸取到地下水。其他的灌木和草，不長一片一片

的葉子，而是長滿綠色的細毛，以便減少水分蒸發。我們的沙漠裡有一種叫「梭梭」的灌木，葉子非常小，看起來就像沒有長葉子，只有細細的綠樹枝。

刮大風的時候，沙漠裡被風捲起的乾燥灰沙就像烏雲，遮天蔽日。這時候，會聽到一陣令人毛骨悚然的喧囂聲，嘶啦嘶啦的聲音像是成千上萬條蛇在叫。但這不是蛇，而是梭梭的細樹枝被風刮得嗖嗖作響，像鞭子一樣在空中亂抽！

蛇呢，現在正在睡覺。黃鼠和跳鼠最害怕的沙蟒，也鑽到沙子深處睡著了。小動物也在睡覺。黃鼠用土塊把洞口堵起來，洞裡就晒不到太陽，牠整天睡覺，只在大清早出來找東西吃。這個時期，牠得跑多少冤枉路，才找得到一株沒被晒枯的植物呀！黃鼠索性鑽到地底下去，牠準備睡很久，睡過夏天、秋天、冬天，一直睡到隔年春天才醒來。換句話說，一年當中，牠只出來活動三個月，其餘時間都在睡覺。

蜘蛛、蠍子、蜈蚣、螞蟻等小動物為了躲避炙熱的太陽，有的躲在石頭底下，有的躲在土裡面，等到晚上才出來活動。行動敏捷的蜥蜴和爬得很慢的烏龜，也都不見蹤影。

有些動物搬到沙漠的邊緣去了，那裡離水源比較近。鳥兒早已經養大幼鳥，帶著牠們一起飛走了。還待在這裡的，只有飛得很快的沙雞。牠們可以飛一百多公里遠，到最近的小河邊，自己先喝個夠，然後讓腹部的羽毛吸滿水，再飛回巢裡讓雛鳥喝水。對牠們來說，這麼遠的路程不算什麼。不過，就算是牠們，等雛鳥長大，能夠飛行了，牠們也會離開這個可怕的地方。

只有我們人類才不怕沙漠。人類擁有高明的技術，挖掘渠道，把水從高山引到這裡來，讓死氣沉沉的沙漠變成碧綠的牧場、農田，開闢出果園和葡萄園。

風，在沙漠當家做主，是人類的頭號大敵。它會搬動乾燥的沙丘，掀起沙浪吹向村莊，掩埋房屋。不過，我們人類不怕風，因為人和水、植物締結了聯盟，劃下一道界線，不讓風越過：有人工灌溉的地方，樹木密密麻麻，猶如一道牆壁；青草把無數的細根扎在土地裡，緊緊抓住沙子，沙丘也就沒辦法移動了。

沙漠的夏天與苔原的夏天截然不同。我們這裡，出太陽的時候，一切生物都進入夢鄉。只有在漆黑的夜裡，飽受無情的太陽折磨的弱小生命，才出來透透氣。

這裡是庫班草原！

我們這裡的田地一望無際，收割機正忙著收割作物。今年的收成非常好，火車已經把我們的小麥運到莫斯科和列寧格勒了。

鵰、鳶、鵟和隼等猛禽，在收割完作物的田地上空不停盤旋。現在，牠們可以好好收拾那些打劫農作物的壞蛋，像是野鼠、田鼠、黃鼠和倉鼠。猛禽從很遠的地方就可以看見鼠類從洞裡探出頭來。在農作物還沒收割的時候，這些可惡的小壞蛋偷吃了多少麥穗呀！

鼠類正在搜刮散落在田裡的麥粒，貯藏起來，以備過冬。除了猛禽之外，狐狸也在收割完的麥田捕捉各種鼠類，而鼬對我們更是有益，牠會毫不留情的消滅一切齧齒動物！

這裡是烏蘇里大森林！

我們這裡的森林非常特別，不像西伯利亞的針葉林，也不像熱帶的叢林。這裡有松樹、落葉松、雲杉，還有爬滿了藤蔓的闊葉樹。

我們這裡有馴鹿、羚羊、歐洲棕熊、西藏棕熊、兔子、大山貓、老虎、豹、豺和狼等動物。鳥類則有灰色的花尾榛雞、漂亮的環頸雉、嘴喙又長又彎的鷸鳥、五顏六色的鴛鴦，以及綠頭鴨、灰雁等等。

白天，森林裡又悶又暗。寬大的樹頂結成一頂綠色大帳篷，陽光無法穿透。這裡的夜晚很黑，白天也很黑。

現在，各種鳥兒都下了蛋或是孵出雛鳥了。各種野生動物的寶寶也已經長大了，正在學習覓食或獵食呢！

這裡是阿爾泰山脈！

我們這裡的低窪盆地，悶熱又潮溼。在夏天炎熱的太陽照耀下，早晨，露水很快就蒸發了。晚上，草地上濃霧瀰漫。水蒸氣上升，溼透了山坡，冷卻後凝成白雲，飄浮在山頂上。因此，天亮前山頂總是雲霧繚繞。白天時，雨滴從雲層落下，於是水又回到地面。

山上的積雪不斷消融，只有最高的山峰上才有終年不化的大片冰原和冰河。那裡海拔非常高，實在太冷了，即使照射到中午的太陽，冰雪也不會消融。

但是在山頂下，一股股雨水和雪水奔流著，匯集成一條條溪流，沿著山坡滾滾而下，有些從岩石上直瀉而下，成為瀑布。水一直往山下的江河流去。河裡的水太多了，暴漲起來，漫出河岸，在盆地上氾濫。

我們這裡的山區生態很豐富：低一點的山坡是針葉林；往上有肥沃

的高山草原；再往上則長滿苔蘚和地衣，類似嚴寒的苔原。至於山頂，常年冰天雪地，跟北極一樣，永遠是冬天。

極高的山頂上，既沒有飛禽棲息，也沒有走獸穴居，只有強悍的鵰和兀鷲偶爾飛到那裡去，用銳利的眼睛從雲端往下望，搜尋要獵捕的小動物。山頂之下好像一棟多層樓的大廈，住滿了許許多多各式各樣的居民。牠們各自占著一層，居住在適合自己的海拔。

最高一層是光禿禿的岩石，雄野山羊攀登上去，住在那裡。住在下面一層的是雌野山羊和小野山羊，還有雪雞。肥沃的高山草原上，一群群盤羊在那裡吃草，雪豹跟到那裡去獵捕牠們。草原上還住著肥壯的旱獺，也是鳥類群集的地方。再往下就是針葉林，裡面有榛雞、松雞、鹿和熊等動物。

從前，我們只在盆地裡播種麥子，現在我們的耕地已經擴展到山上了。在那裡，我們不是用馬來耕地，而是用犛牛耕地，犛牛是一種有著長毛的牛，能適應高山的環境。我們投入很多勞力，要從我們的土地獲得最大的豐收。我們一定能達到目的！

這裡是海洋！

俄國三面臨海，西邊是大西洋，北邊是北冰洋，東邊是太平洋。

我們乘船從列寧格勒出發，穿過芬蘭灣，橫渡波羅的海，來到大西洋。我們在這裡常常碰到各國的船隻，像是英國、丹麥、瑞典、挪威等等，有商船，有客船，還有漁船。漁船在這裡捕撈鯡魚和鱈魚。

我們沿著歐洲和亞洲的海岸航行，從大西洋來到北冰洋，這條「北方海路」是我們勇敢的俄羅斯航海家開闢的！以前的人認為這條航道無法打通，因為這裡到處是厚厚的冰，充滿致命的危險。但現在，由力大無窮的破冰船在前面開道，船隊可以在這條航道上航行。

這裡人煙稀少，我們看見許多奇特的景象。一開始，我們沿著一股叫做「墨西哥灣流」的洋流航行，碰到了漂浮的冰山，它被太陽照得亮晃晃的，非常刺眼。我們在這裡捕獲許多鯊魚和海星。

再往前航行，這股洋流彎向北流，流向北極。我們開始看到廣大的冰原，在海面上慢慢浮動著，一會兒分裂，一會兒又合併。我們的飛機在上空偵察，隨時通知船隻什麼地方可以通行。

在北冰洋的許多島嶼上，我們看見了成千成萬的大雁，牠們正在換羽，翅膀的羽毛脫落了，飛不起來。我們看見了長著獠牙、體型龐大的海象，牠們從水裡鑽出來，正趴在大冰塊上休息。我們也看見各種稀奇古怪的海豹。有一種海豹，頭上有氣囊，會突然把氣囊吹鼓，像是帶著一頂鋼盔！我們還看見許多可怕的虎鯨，牠們的牙齒又大又尖銳，行動迅速，獵食鯨類和幼鯨。關於鯨類，還是下次再談吧！等我們到了太平洋再談，那裡鯨類比較多。

現在，再會吧！我們和全國各地的無線電通報，就在這裡結束。下一次的無線電通報將在九月二十二日舉行。

森林布告欄

請愛護鳥類朋友！

我們這裡的小朋友常常喜歡拿取鳥蛋、破壞鳥巢，他們只是因為好玩而這樣做。他們沒有想過，這樣做會使自己和國家遭受多大的損失。

科學家計算過，每一隻鳥，即使是最小的鳥，僅僅一個夏天，在農業和林業上帶給我們的利益就有二十五盧布這麼多。每個鳥巢有四到二十四顆蛋或是四到二十四隻雛鳥。你不妨算算看，搗毀一個鳥巢會對我們造成多大的損失！

鳥巢保護隊

大家來組一個「鳥巢保護隊」，不准任何人搗毀鳥巢，也不能讓貓跑到灌木叢和樹林裡，要把牠們趕出來，因為貓會捉鳥吃，還會破壞鳥巢。

我們還得向大家宣傳：為什麼要保護鳥兒，鳥兒如何保護我們的森林、田地和果園，牠們怎樣挽救我們的收成，防止農作物受到害蟲侵襲。害蟲多得不計其數，而且小得難以捕捉，鳥類卻是除去害蟲的專家呢！

打靶場

第四次競賽

☆射箭要打中靶心！答案要對準題目！

1. 夏至這一天有什麼特點？
2. 金蓮花、驢蹄草、毛茛的花是什麼顏色的？
3. 哪一種魚會築巢？
4. 哪一種鳥直接在沙地上或坑窪裡下蛋？
5. 田鷸的蛋是什麼顏色？
6. 早晨時，田是淡藍色的，為什麼過了中午以後，變成綠色的？
7. 刺魚身上的刺長在哪裡？一共有幾根？
8. 毛腳燕築的巢跟家燕築的巢，外表看起來有什麼不一樣？
9. 為什麼不可以碰鳥巢裡的蛋？

⑩ 哪一種鳥在河岸挖洞築巢，還把魚刺鋪在巢裡當襯墊？

⑪ 哪一種昆蟲長得像蟋蟀，而且跟鼴鼠一樣是掘土挖洞的高手？

⑫ 雌螯蝦把卵產在哪裡？卵在哪裡過冬？

⑬ 什麼動物的孩子還沒出生，就交給別人撫養了？

⑭ 一隻老鷹，個子真不小，升得高，飛得遠，張開翅膀把太陽遮住了。（謎語）

⑮ 不是裁縫，也不做衣裳，但老是把針帶在身上。（謎語）

第5期

雛鳥出生月

夏季第二月 7月21日~8月20日

太陽的詩篇

七月，夏季的頭頂，不知疲倦的整頓世界：命令黑麥深深的鞠躬，把頭低到地上，讓燕麥穿上外套，但是蕎麥卻連襯衫都還沒套上。

綠色植物用陽光為自己製造身體。成熟的黑麥和小麥像一片金黃色的海洋。我們把它們貯藏起來，夠吃一年呢！我們還把一片片的牧草割倒，堆成一座座乾草堆，為牲口貯藏草料。

鳥兒變得沉默，牠們沒有時間唱歌了，因為所有的鳥巢裡都有了雛鳥。雛鳥剛孵出來時，身上光溜溜的，沒有毛，眼睛也還沒睜開，需要父母照料很長一段時間。現在地上、水裡、樹林裡，甚至於空中，到處都有雛鳥的食物，大家都能吃飽！

森林裡到處是小巧玲瓏又多汁的果實，像是野草莓、歐洲越橘、篤斯越橘和醋栗；在北方，有金黃色的雲莓；在南方果園裡，有櫻桃、草莓和甜櫻桃。草地脫掉了金黃色的衣裳，換上綴著野菊的花衣裳，野菊雪白的花瓣反射著灼熱的陽光。要注意！現在光明之神太陽的「熱」情可是會造成灼傷的。

林中大事記

森林裡的新成員

羅蒙諾索夫城外的森林裡，有一頭年輕的雌麋鹿。今年，牠生下一頭小麋鹿。

白尾海鵰的巢裡有兩隻小鵰。

黃雀、燕雀、鵐鳥，各孵出五隻小鳥。

地啄木孵出八隻雛鳥。

長尾山雀孵出十二隻雛鳥。

灰山鶉孵出二十隻雛鳥。

刺魚建造的巢裡，每一顆魚卵孵化成一條小刺魚。一個巢裡有一百多條小刺魚呢！

一條歐鯿產下的卵，孵化出來的小歐鯿有好幾十萬條。而一條鱈魚呢，孵化的小魚更是多得不計其數，大概有幾百萬條吧！

沒有媽媽的照顧

歐鯿和鱈魚完全不照料牠們的孩子，生下魚卵就游走了。小魚怎樣孵化出來、怎樣過日子、怎樣找東西吃，全靠牠們自己。如果你有幾萬個、幾百萬個孩子，也只能放任牠們自生自滅，因為實在是照顧不來。

一隻青蛙有一千個孩子，牠也是放任不管的。

沒有父母照顧，孩子們的日子當然很不好過。水裡有許許多多貪吃的壞傢伙，牠們都愛吃美味的魚卵、青蛙卵，以及鮮嫩的小魚和蝌蚪。

小魚長成大魚、蝌蚪長成青蛙之前，牠們會遭遇多少危險呀！牠們當中有多少會被吃掉？真是令人不敢想像。

細心照顧孩子的媽媽

麋鹿媽媽和鳥媽媽對孩子的照顧細心極了！

麋鹿媽媽為了牠的獨生子，隨時準備犧牲自己的性命。就算受到熊的攻擊，麋鹿媽媽也會前腳和後腳一起亂踢，這一陣亂踢，保證讓熊再也不敢接近小麋鹿。

我們《森林報報》的通訊員在田野裡碰到一隻小灰山鶉，從他們腳邊竄出來，跑到草叢裡躲了起來。通訊員捉住了小灰山鶉，牠啾啾的大叫起來。灰山鶉媽媽不知道從哪裡跑出來，牠看見自己的孩子被捉了，就咕咕的叫著，撲了過來，接著跌在地上，拖著翅膀。

通訊員以為灰山鶉媽媽受傷了，就放下小灰山鶉去追牠。灰山鶉媽媽在地上一拐一拐的走著，通訊員眼看一伸手就可以捉到牠了，可是一伸手，牠就往旁邊閃，這麼追呀追的，突然間，灰山鶉媽媽拍動翅膀，若無其事的飛走了。

通訊員回過頭來找小灰山鶉，可是小灰山鶉早就不見身影了。原來灰山鶉媽媽故意裝作受傷，把通訊員從孩子身邊誘開，好讓牠逃走。灰山鶉媽媽就是這樣捨身保護自己的二十個孩子！

勤勞的鳥兒

天才剛剛亮，鳥兒就起飛了。椋鳥每天勞動十七個小時，毛腳燕每天勞動十八個小時，雨燕每天勞動十九個小時，紅尾鴝每天勞動二十多個小時。我核對過，的確是這樣。

為了餵養雛鳥，牠們每天不得不勞動這麼長的時間。一隻雨燕每天至少要帶食物回巢三十至三十五次，才能把雛鳥餵飽。椋鳥餵養雛鳥每天至少要兩百次，毛腳燕至少三百次，紅尾鴝則要四百五十多次！

夏天裡，鳥類不停的勞動，消滅的森林害蟲真是多得數也數不清！

森林通訊員　斯拉德科夫

孵出什麼樣的鳥？

剛從蛋殼裡出來的幼鵟，牠的嘴喙尖端上有一個白色小凸起，叫做「卵齒」。牠鑽出蛋殼的時候，就是用卵齒鑿破蛋殼。

幼鵟長大後會成為凶殘的猛禽，齧齒動物看到牠都會膽顫心驚。不過，牠現在還只是一個模樣滑稽的小不點，渾身絨毛，眼睛也還沒有睜開。牠非常脆弱，一步也離不開爸爸媽媽。要是爸媽不餵牠吃東西，牠就會活活的餓死。

雛鳥當中也有早熟的小傢伙，牠們破殼而出就能站得穩穩的，會自己找東西吃。牠們不怕水，遇見天敵會自己躲起來。

瞧！這兩隻小田鷸，鑽出蛋殼才一天，就已經離開巢，自己找蚯蚓吃了。田鷸的蛋很大，就是為了讓雛鳥在蛋裡發育得成熟一些。

前面提到的小灰山鶉，也是一出生就能到處跑，秋沙鴨這種野鴨也一樣。小秋沙鴨一出生就能走到河邊，撲通一聲跳下水，游起泳來。牠還會潛水、在水面上伸懶腰，什麼都會，簡直跟大野鴨一樣。

旋木雀的雛鳥十分嬌弱，在巢裡待了整整兩個星期，現在從巢裡飛出來，蹲在樹墩上。你看牠一副氣鼓鼓的樣子，原來是媽媽半天沒飛來餵牠了。牠出生快三個星期了，還老是啾啾的叫著，要媽媽餵牠吃青蟲和其他好吃的東西。

島上的移民

在一個小島的沙灘上，有許多小海鷗住在那裡避暑。

晚上，牠們睡在小沙坑裡，一個坑睡三隻。沙灘上全是小沙坑，那裡真是海鷗的移民區！白天，小海鷗由大海鷗帶領，學習飛行、游泳和捉魚。大海鷗一邊教小海鷗，一邊保護牠們，時時刻刻小心注意。一有敵人靠近，大海鷗就成群飛起來，大吵大叫的向敵人撲過去，陣仗非常驚人，就連巨大的白尾海鵰也會倉皇逃走。

雌雄顛倒

全國各地都有人寫信告訴我們，他們看見一種特別的鳥。這個月分裡，在莫斯科附近、阿爾泰山區、卡馬河畔、波羅的海、亞庫梯、卡查赫斯坦，都有人看見這種鳥。

這種鳥既漂亮又可愛，很像城裡賣給釣魚愛好者那種鮮豔奪目的浮標。牠們不太怕人，即使你走到距離牠們只有五步遠的岸邊，牠們還是在你面前游來游去。

現在，其他的鳥都待在巢裡孵蛋或餵養雛鳥。只有這種鳥成群結隊的在全國各地飛來飛去。

奇怪的是，這些羽毛鮮豔的鳥全是雌的。其他的鳥是雄性羽色比雌性鮮明漂亮，牠們卻相反，雄鳥灰不溜丟的，雌鳥花花綠綠的。

更奇怪的是，雌鳥根本不管牠們的孩子。在遙遠的北方苔原，雌鳥把蛋下在沙坑裡，然後就飛走了。反而是由雄鳥負責孵蛋、保護雛鳥。

簡直是雌雄顛倒！

這種鳥叫做「紅領瓣足鷸」，幾乎到處都可以看到牠們，今天出現在這裡，明天出現在那裡。

可怕的雛鳥

嬌小纖細的鶺鴒媽媽孵出了六隻身體光溜溜的雛鳥，五隻雛鳥看起來差不多，第六隻卻是個醜八怪：渾身上下的皮膚都很粗糙，一顆大大的頭、兩隻凸眼睛。牠一張開嘴，真是嚇人！一點也不像鳥嘴，簡直是野獸的血盆大口！

出生第一天，牠安安靜靜的待在巢裡。只在鶺鴒媽媽啣食物回來的時候，才費勁的抬起沉甸甸的大頭，張開大嘴，好像在說：「餵我！」

第二天，在涼颼颼的晨風裡，鶺鴒爸爸和鶺鴒媽媽飛出去覓食。這時候，牠就動起來了。牠低下頭，叉開兩腿，開始往後退。牠的屁股撞到牠的小兄弟，牠就開始把屁股往小兄弟下面塞，又把光禿禿的翅膀向後面甩。接著，翅膀像鉗子一樣夾住小兄弟。牠就這樣把小兄弟扛在背上，一直往後退，退到巢的邊緣。

小兄弟眼睛還沒睜開，個子小，身體弱，在牠背上搖搖晃晃。醜八怪用頭和兩隻腳抵住巢底，把背上的小兄弟往上拱，越拱越高，一直拱到跟巢的邊緣一樣高。

這時候，醜八怪的屁股猛力一抬，小兄弟就掉出巢外了。

鶺鴒的巢築在河邊的懸崖上，個子小又光溜溜的鶺鴒雛鳥，啪的一聲摔在石頭上，死掉了。

凶狠的醜八怪自己也差一點從巢裡掉出來，牠的身體在巢邊搖搖晃晃、晃晃搖搖，幸虧大大的頭很沉重，最後總算跌回巢裡。

這件可怕的事情，從開始到結束一共只花了兩、三分鐘。之後，精疲力竭的醜八怪，在巢裡一動也不動的躺了大約十五分鐘。

鶺鴒爸爸和鶺鴒媽媽回來了，醜八怪伸長脖子，抬起沉重的大頭，若無其事的張開嘴巴，尖聲叫了起來，好像在說：「餵我！」

醜八怪吃飽了。休息過後，開始收拾第二位小兄弟。這位小兄弟沒那麼好對付，牠拚命掙扎，不斷從醜八怪的背上滾下來。不過，惡狠狠的醜八怪才不會讓步呢！

過了五天，醜八怪睜開眼睛的時候，只剩牠一個躺在巢裡。牠的五位兄弟姊妹都被牠拱到巢外面而摔死了。

在牠出生的第十二天，牠長出了羽毛。現在，真相大白了。鶺鴒夫婦真倒楣！原來牠們養大的是杜鵑「寄養」的孩子。但是小杜鵑可憐兮兮的叫著，好像牠們死去的孩子，牠抖動著翅膀，動人的叫著，張開嘴巴要東西吃。嬌小溫柔的鶺鴒怎麼能拒絕牠，看牠活活餓死呢？

鶺鴒夫婦整天忙忙碌碌，忙著送肥美的青蟲餵養小杜鵑，自己卻沒時間填飽肚子。牠們啣著蟲子，整顆頭都伸進牠的血盆大口，才把食物塞到牠貪得無厭、彷彿無底洞的喉嚨裡。

一直忙到秋天，鶺鴒夫婦才把牠餵大。杜鵑長大就飛走了，一輩子再也沒有跟養父母見過面。

小熊洗澡

有一天，一位獵人沿著林中小河的岸邊走，忽然聽見一陣驚天動地的聲響，像是樹枝折斷的聲音。他嚇了一跳，趕緊爬上樹。

樹林裡走出一隻棕色的大母熊，帶著兩隻歡蹦亂跳的小熊，還有一隻一歲大的幼熊，牠是母熊的大兒子，現在成了兩個小兄弟的保母。

熊媽媽坐了下來。熊哥哥咬住一隻小熊頸後的皮，把牠叼起來浸到河裡。小熊尖叫起來，四腳亂踢的掙扎著。可是熊哥哥緊咬著不放，直到把牠洗得乾乾淨淨為止。

另一隻小熊怕洗冷水澡，一溜煙的逃進樹林裡。

熊哥哥追上去，打了牠幾個巴掌，然後照樣把牠浸在水裡洗澡。洗著洗著，熊哥哥一個不小心讓小熊掉進水裡了。小熊大叫起來，熊媽媽立刻跳下水，把牠拖上岸，然後狠狠的打了熊哥哥好幾個耳光，打得牠哀叫起來，可憐的傢伙！

兩隻小熊看起來倒是覺得洗完澡挺舒服的，因為天氣這麼熱，牠們穿著厚厚的毛皮大衣，在冷水裡浸一下，真是涼快多了。

洗完澡，熊媽媽帶著孩子回到樹林裡。獵人才爬下樹，走回家去。

果實成熟了！

許多果實都成熟了。大家正在果園裡採摘覆盆子、紅醋栗、黑醋栗以及歐洲醋栗。

樹林裡也可以找到覆盆子。覆盆子是叢生的灌木，如果你走在森林裡，不小心碰斷它們的莖，別擔心，這對覆盆子影響不大，因為現在長滿果實的莖只能存活到冬天。瞧，這是它們的下一代，無數鮮嫩的莖由地下莖分生出來，並從土裡鑽出來。它們長得毛茸茸的，滿是細刺。明年夏天就輪到它們開花、結果了。

在灌木叢和草墩旁，以及砍伐跡地的樹墩旁，越橘要成熟了，漿果的一面已經開始紅了。

越橘也是小灌木，漿果長在莖的末梢。有幾株越橘一串串的漿果又多又大又重，莖都彎下來躺在苔蘚上了。

真想挖一株越橘移植到家裡，結出來的漿果會大一點嗎？越橘的漿果非常有趣，可以保存一個冬天。想吃的時候，只要用開水沖泡或是搗碎，就有漿液跑出來。

為什麼這種植物的漿果能夠保存這麼久呢？因為它含有可防止漿果腐爛的「苯甲酸」！

尼娜．巴甫洛娃

貓養大的兔子

今年春天，我家的貓生了幾隻小貓，後來小貓全都送走了。恰好就在這一天，我們在樹林裡捉到一隻小兔子。

我們把小兔子放在貓媽媽身邊。貓媽媽的奶水正多，所以牠很樂意餵小兔子。就這樣，小兔子吃貓媽媽的奶，漸漸長大了。牠們很要好，連睡覺也睡在一起。

最好笑的是，貓媽媽教會小兔子跟狗打架。只要有狗跑進我們的院子裡，貓馬上就撲過去，拚命亂抓。小兔子也跟著跑過去，舉起兩隻前腳像擂鼓似的往狗身上打，打得狗毛直飛。現在，附近的狗都怕我們家的貓和牠的「養子」。

地啄木雛鳥的把戲

我們家的貓看到樹上有一個洞，心想那一定是鳥巢。牠想吃小鳥，就爬上樹，頭往樹洞裡探，結果看見洞裡有幾條小蝰蛇在蠕動，還發出嘶嘶的聲音！貓嚇了一大跳，從樹上跳下來，沒命的逃走了。

其實在樹洞裡的根本不是蝰蛇，而是地啄木的雛鳥。牠們把頭轉來轉去、脖子扭來扭去，好像蛇在蠕動，還發出像蝰蛇一樣嘶嘶的聲音。這是牠們用來防禦敵人的把戲。大家都怕有毒的蝰蛇，所以小地啄木假裝成蝰蛇來嚇唬敵人。

瞬間消失！

一隻鵟發現一隻琴雞帶著一窩毛絨絨的小琴雞。鵟心裡想，這下子可以飽餐一頓了。牠看準位置，正要從空中撲下去，沒想到卻被琴雞發現了。

琴雞叫了一聲，牠們一下子全都不見了。鵟失去了獵物的蹤影，只好飛去找其他東西吃。

琴雞又叫了一聲，身邊毛絨絨的小琴雞全都跳了起來。

原來牠們並沒有逃走，而是蹲在那裡，身體緊貼著地面。牠們身上有褐色的羽毛，還夾雜著斑點，從空中看，真的很難跟地面的樹葉、雜草和土塊區別開來。

可怕的植物

一隻蚊子在林中的沼澤地飛來飛去，飛著飛著，覺得累了，想喝點什麼。牠看見一株草，綠色的莖末梢掛著一朵白色的花，下面是一片片圓圓的紫紅色小葉子，叢生在莖的周圍。葉片上有毛，毛上有一顆顆亮晶晶的露珠。

蚊子停在一片葉子上，伸嘴去吸露珠。沒想到露珠竟然黏糊糊的，把牠的嘴黏住了！

忽然，所有的毛都動了起來，像觸手一樣伸過來捉住蚊子，然後葉片捲曲起來，裹住了蚊子。

之後，葉子重新張開，但是蚊子被吸乾了，只剩下空殼！這是一株可怕的食蟲植物，叫做「毛氈苔」。

在水中打架

生活在水中的動物，跟生活在陸地上的動物一樣，也喜歡打架。

兩隻青蛙跳進了池塘，看見水裡有隻怪裡怪氣的蠑螈，身體細長，四條腿短短的。

「多麼可笑的怪胎呀！」青蛙心想：「應該揍牠一頓！」

一隻青蛙咬住蠑螈的尾巴，一隻青蛙咬住牠的右前腳。兩隻青蛙用力一扯，扯斷了蠑螈的尾巴和右前腳，蠑螈趁機逃走了。

過了幾天，青蛙又在水裡碰到這隻蠑螈。但是，沒想到牠真的變成了怪胎：原先長尾巴的地方，現在長出一隻腳，被扯斷的右前腳那裡卻長出了一條尾巴。

蜥蜴也是這樣，尾巴斷了，能重新長出一條新的尾巴。蠑螈的再生能力比蜥蜴強，不過，有時候會長得「牛頭不對馬嘴」，斷了肢體的地方長出跟原先肢體不一樣的東西。

靠雨水傳播種子

我想介紹一種叫做「佛甲草」的植物。這個時節，它們已經開過花了。我非常喜歡這種小植物，特別喜歡它們肥厚的灰綠色小葉子。小葉子密密麻麻的長在莖上，把莖都遮得看不見了。

佛甲草的花也很好看，是顏色鮮豔的五角星星。但是現在佛甲草的花已經謝了，結了果實。

果實是扁扁的五角星星，緊閉著。別以為果實閉合是還沒有成熟。事實上，晴天的時候，佛甲草的果實總是閉合著。

不過，可以讓它們打開。只要從水窪裡取一點點水就可以了。把一滴水滴在小星星的正中間，果殼就會張開。瞧，露出種子了！佛甲草的種子不像許多植物那樣怕水。相反的，它們喜歡水。再滴上兩滴水，種子就順著水淌了下來。水把種子帶走，傳播到其他地方去。

幫助佛甲草傳播種子的，不是風，不是鳥，也不是動物，而是水。

我看過一株佛甲草長在陡峭的岩石縫裡，是順著石壁往下流的雨水把佛甲草的種子帶到那裡去的。

尼娜·巴甫洛娃

小潛鴨學游泳

我到湖邊去洗澡，看見一隻潛鴨教小潛鴨游泳，還教牠們看到人怎樣閃躲。大潛鴨像船一樣漂浮在水面，小潛鴨在潛水。小潛鴨一鑽進水裡，大潛鴨就游過去東張西望。最後，小潛鴨從莞草旁鑽出水面，游進莞草叢裡去了。於是我就開始洗澡了。

森林通訊員　萊斯科·瓦倫丁

有趣的小果實

牻牛兒苗是長在菜園裡的雜草，它的果實非常有趣。這種植物看起來並不起眼，長得散散亂亂的，開的紫紅色花也很平凡。

現在，一部分的花已經謝了，花托上凸起一個像鸛嘴的東西。這個「鸛嘴」是五顆種子的「尾巴」連在一起而形成的，很容易裂開來。

牻牛兒苗的種子，頭尖尖的，長著一條毛茸茸的長尾巴。尾巴的末梢尖尖彎彎的像把鐮刀，其餘的部分則扭成螺旋狀。特別的是，這根螺旋一受潮就會變直。

我把一顆種子夾在兩個手掌中，哈一口氣。它果然轉動起來了，搔得我手心癢癢的。你看！它變直了。

這種植物為什麼要玩這樣的把戲呢？原來，它的種子掉落的時候，尖頭戳在地上，鐮刀狀的尾尖則勾住小草。天氣潮溼時，螺旋繞開來變直，它一轉，種子就鑽到土裡去了。種子想從土裡再鑽出來可辦不到，因為種子上的刺毛會頂住上面的泥土，不讓它出來。

多麼巧妙啊！植物居然會把自己的種子埋到土裡。

在溼度計發明以前，人們早就利用牻牛兒苗的種子來度量空氣的溼度。可想而知，這種種子的尾巴是多麼靈敏！人們把種子固定住，它的尾巴就成了指針，可以指示出空氣的溼度。

尼娜．巴甫洛娃

冠鸊鷉的幼鳥

我在河岸上走著，看見水面有一種水鳥，說是小野鴨嘛又不太像，說是別種水鳥嘛，牠們像野鴨的成分又太多了。我心想，這到底是什麼鳥呢？野鴨的嘴應該是扁的，牠們的嘴卻尖尖的。

我連忙脫下衣服，下水去追牠們。牠們躲開我，爬上了岸。我追了過去，眼看要抓到了，牠們卻又逃回水邊。我又追了過去，牠們又逃開了……牠們就這樣引著我順流而下，把我累壞了，差一點爬不上岸！最後，我還是沒有抓到牠們。

後來，我又看見牠們好幾次，不過，我不敢再下水去追牠們了。原來牠們不是小野鴨，而是冠鸊鷉的幼鳥。

森林通訊員　庫羅奇金

夏末的鈴蘭

八月五日，小河邊長著鈴蘭。這種五月裡盛開的花又稱為「山谷中的百合」，是我最喜歡的花。我愛它那小鈴鐺似的花朵，白玉般潔淨樸素；愛它那富有彈性的綠莖；愛它那鮮嫩欲滴的葉片；愛它那美妙的香氣！總而言之，鈴蘭是那麼純潔又富有朝氣！

春天，一大清早我就過河去採鈴蘭，每天都帶一束鮮花回家，插在瓶子裡。從早到晚，屋裡都洋溢著鈴蘭的幽香。

在我們列寧格勒一帶，鈴蘭是在七月開花。現在是夏末，我心愛的花為我帶來了新的喜悅。

有一天，我偶然發現，它們大而長的葉片下面有淡紅色的小東西。我跪下去，撥開葉子一看，是一顆顆有點橢圓的橘紅色小果實。它們跟花兒一樣美麗，像是希望我把它們做成耳環，送給朋友配戴呢！

摘自一位少年自然科學家的日記

森林通訊員　維利卡

天藍和翠綠

八月二十日，今天我起得非常早，往窗外一看，忍不住驚叫起來，啊！青草怎麼全變成天藍色的！完全是天藍色的！草兒被濃霧壓得低著頭，忽閃忽閃的。

你把白色和綠色兩種顏色摻在一起試試看，會變成天藍色——原來是露珠撒在鮮綠色的青草上，把它染成了天藍色。

有幾條綠色的小徑穿過天藍色的草地，從灌木叢通到木棚子。木棚裡存放著一袋袋的麥子。有一窩灰山鶉趁著人們還沒起床的時候，跑到村裡來偷吃麥子，現在牠們在打麥場上。灰藍色的灰山鶉腹部有一大塊馬蹄形的深褐色斑紋。牠們的小嘴嘟嘟嘟的啄著，啄得好忙呀！趁著人們還沒醒來，趕緊多吃一點！

再往遠處看去，靠近樹林的地方是燕麥田。還沒收割的燕麥也是一片天藍色。一位獵人背著槍在那裡走來走去。我知道，獵人一定是在守候琴雞，因為琴雞媽媽常常帶著一窩小琴雞到田裡覓食。琴雞在天藍色燕麥田裡跑過的地方，也變成了綠色的小徑，因為牠們在燕麥叢裡跑的時候，把露水碰掉了。獵人始終沒有開槍，大概是琴雞媽媽帶著牠的小琴雞逃回樹林裡了。

摘自一位少年自然科學家的日記

森林通訊員　維利卡

請愛護森林！

如果有閃電打在枯樹上，可就糟糕了！如果有人在森林裡散步，丟下一根沒熄滅的火柴，或是沒把篝火熄滅就離開了，也會很糟糕。

活生生的火苗像一條細細的小蛇，從篝火裡爬出來，鑽進苔蘚和一堆堆乾枯的針葉和闊葉裡。突然間，它從枯葉堆裡竄出來，舔了一下灌木，又跑到一堆枯樹枝那裡……

一秒鐘也不能耽擱，這是森林火災！趁火勢還沒變大變旺時，你一個人就可以撲滅它。趕快折一些帶葉子的新鮮樹枝，朝火苗拚命撲打！別讓它擴大，別讓它轉移！把你的朋友也找來幫忙！

如果你手邊有鐵鍬或結實的木棍，可以挖點土，用泥土和一塊塊的草皮把火蓋熄。

如果火苗又從泥土下鑽出來，爬上樹，從一棵樹竄到另一棵樹，這場森林火災就真的燒起來了。趕緊找人來救火！趕緊敲響救火的警鐘！

林中大戰（四）

我們的通訊員到了第三塊砍伐跡地。十年前，伐木工人在那裡砍伐過樹木。那裡到現在還處於山楊和白樺的統治。

勝利者霸占著那塊地，不讓其他植物到那裡去。每年春天，野草都想從土裡鑽出來，但是它們很快就悶死在闊葉帳篷底下。雲杉每隔兩、三年結一次種子，每次結種子都試圖攻占砍伐跡地。不過，雲杉的種子都沒能長成樹苗，都敵不過小白樺和小山楊。

小白樺和小山楊不是一天一天的長大，而是一個鐘頭一個鐘頭的長大。它們密密麻麻的聳立在砍伐跡地上，越來越擁擠，於是彼此之間開始競爭了。每棵樹都想在地上和地下為自己多搶一點地方。每棵小樹都越長越粗，排擠著鄰居。砍伐跡地上的樹木你推我擠，一片雜沓。

身強體壯的小樹長得比孱弱的小樹快，因為它們的根比較強大，樹枝也比較長。健壯的小樹長高以後，就把樹枝伸到旁邊的小樹頭上，旁邊的小樹就被樹蔭遮住了，從此看不見天日。

最後一批孱弱的樹在濃蔭下死去了。這時候，矮小的野草才好不容易從土裡鑽出來。不過，已經長高的小樹不再害怕野草了，就讓它們在腳下成群蠢動吧！這樣還可以暖和一些呢！然而，勝利者自己的後代，它們的種子落在這個黑暗又潮溼的「地窖」裡，全都窒息而死了。

雲杉很有耐性，它們繼續不斷的每隔兩、三年，就派新的種子到這片草木雜生的砍伐跡地。勝利者對這些小東西不屑一顧，它們能把勝利者怎麼樣！就讓它們落到地窖裡吧！

沒想到，小雲杉居然長出來了！在黑暗又潮溼的環境裡，它們的日子很不好過，不過，總算是從土裡鑽出來了——這點陽光還是有的。然而，它們長得又細又弱。

不過，這裡也有好處。這裡不會有風吹襲它們，它們不會被風連根拔起。暴風雨的時候，白樺和山楊呼呼的喘息著、不停的彎腰，小雲杉待在地窖裡卻是風平浪靜。

這裡很暖和，食物也充足，小雲杉不會受到春季刺骨的早霜和冬季嚴寒的迫害。這裡的環境跟光禿禿的砍伐跡地不一樣。秋天時，白樺和山楊的葉子落在地上腐爛了，散發出熱，野草也發熱，小雲杉需要耐心忍受的只是一年四季的陰暗。

小雲杉不像小白樺和小山楊那樣依賴陽光，它們能忍受黑暗，頑強的生長……

我們的通訊員很同情它們。後來，他們又到第四塊砍伐跡地去了。

我們期待他們後續的報導！

收割作物的時候到了。我們農村的黑麥田和小麥田好像無邊無際的海洋。麥穗又長又密，每一根麥穗都結了很多很多麥粒。村民的努力真是令人欽佩！不久，這些麥粒會匯成一股股金黃色的洪流，流進國家的倉庫，流進農村的倉庫。

亞麻也成熟了。收穫亞麻要連根拔出，村民正忙著在田裡拔亞麻。他們用拔麻機採收，速度很快。婦女跟在拔麻機後面捆亞麻，把一行行倒下來的亞麻捆成一束束。再把一束束的亞麻堆成垛，十束一垛。不久之後，亞麻田裡就變成好像排列著一行行的士兵。

灰山鶉只好帶著全家大小從秋播的黑麥田搬到春播的田裡去。

村民也用機器收割黑麥。肥碩、壯實的麥穗在割麥機的鋼鋸下，一束束的倒下來。村民把一束束的麥子捆起來，堆成垛。許許多多的麥垛堆在田裡，好像運動會上運動員的行列。

菜園裡，胡蘿蔔、甜菜和其他蔬菜都成熟了。村民把採收的蔬菜運到火車站，火車把它們運到城裡。這些日子，城市裡的居民都可以嘗到新鮮可口的黃瓜，喝到用甜菜做的羅宋湯，吃到胡蘿蔔餡餅。

農村裡的孩子到樹林去採蕈菇和成熟的覆盆子、越橘。最近，各地的榛樹林裡都有一群群的孩子，誰也趕不走他們。他們採榛果，把口袋裝得滿滿的。

大人沒時間採榛果，他們得割麥、打亞麻讓它們脫粒，還得犁田、把翻起的土塊耙鬆，以便播種秋播作物。

森林的朋友

戰爭期間毀掉了許多森林，各地正在努力設法重造森林，中學生也參與這項工作，幫了很多忙。

培植新的松林，需要好幾百公斤的松子。三年來，學生們總共收集了七千多公斤的松子。他們還幫忙整地、照顧苗木、守衛森林、防止森林火災發生，貢獻很多。

森林通訊員　查略夫

能幹的孩子

早晨，天剛亮，農村的村民就下田工作了。大人到哪裡，孩子們也跟到哪裡。在割草的地方，在農田裡，在菜園裡，到處有孩子在幫忙。

瞧，孩子們扛著耙子來了。他們敏捷的把乾草耙成一堆，然後放到大車上，載到農村的乾草棚。

除草也是他們的工作，他們常常去亞麻田和馬鈴薯田清除雜草，像是薹草、濱藜和木賊等等。

到了拔亞麻的時節，拔麻機還沒出現在田裡，孩子們就先到了。他們拔掉田地四個角落的亞麻，讓拖著拔麻機的拖拉機轉彎時方便一些。

在收割黑麥的田裡，孩子們也有工作。麥子收割完之後，他們把掉在地上的麥穗耙成一堆，然後撿起來。

收割穀物

紅星農村的田裡傳來了消息。穀類作物報告說：「我們這裡一切順利，穀粒成熟了。不久，我們會把穀粒撒播到地上。你們不必再為我們操心，甚至不必再到田裡來探望我們。沒有你們，我們也過得下去！」

村民聽了，笑著說：「那可不行，怎麼可能不到田裡去？現在正要收割，是最忙的時候！」

拖拉機拖著聯合收割機到田裡去了。聯合收割機能夠做很多事：收割、脫粒和清除雜物。聯合收割機開進田裡時，黑麥比人還高；它從田裡開出來時，黑麥只剩矮矮的殘株了。聯合收割機交給村民的是麥粒。村民把麥粒晒乾，裝進麻袋裡，運去交給政府。

變黃的田地

我們《森林報報》的一位通訊員曾經到紅旗農村去訪問。他注意到這個農村有兩塊馬鈴薯田。一塊大一些，是深綠色的；一塊很小，已經變黃了。第二塊田裡的馬鈴薯，莖葉枯黃枯黃的，好像要死了一樣。

我們的通訊員決定弄清楚是怎麼回事。之後他寄來了這樣的報導：

「昨天，一隻公雞跑到枯黃的馬鈴薯田。牠把土刨鬆，喚來許多母雞，請牠們吃新鮮的馬鈴薯。一位農村婦女路過看見，笑了起來，告訴她的女伴說：『瞧！公雞第一個來收田裡的早熟馬鈴薯。大概牠知道我們明天就要開始收早熟馬鈴薯了！』

由此可知，莖葉變枯黃的馬鈴薯，是早熟的品種。已經成熟了，所以莖葉乾枯變黃。那塊面積大的深綠色田裡，種的是晚熟馬鈴薯。」

林中簡訊

農村的樹林裡，從土裡長出了第一個乳菇。結結實實、肥肥碩碩的一個乳菇呢！它的蕈傘中央下凹，邊緣有溼漉漉的細絲，上面黏著許多松針。乳菇四周的土是鼓起來的。把這塊土挖開，可以找到許多大大小小的乳菇！

從遠方來的一封信

我們乘船在北冰洋的喀拉海海域東部航行。周圍是一片汪洋，完全看不到邊，好像走不到盡頭。

忽然，桅頂瞭望員喊了起來：「正前方有一座倒立的山！」

「恐怕是他的幻覺吧？」我心裡這樣想著，也爬上了桅杆。

我也看得清清楚楚：我們的船正朝著一座岩石嶙峋的小島開去。這座島上下顛倒，倒掛在空中。

一塊塊的岩石倒掛在空中，沒有什麼東西托住它們！

「我的朋友，」我對自己說：「你的腦子是不是出了毛病？」這時候，我才想起來：「啊！是海市蜃樓！」於是不由得笑了起來。

海市蜃樓是一種奇異的自然現象。北冰洋常常可以看到這種光線的「全反射」現象。你會忽然看見遠處的海岸或一條船，倒掛在空中。

過了幾個鐘頭，我們的船到達那座小島。小島當然沒有倒掛在半空中，而是穩穩當當的矗立在海上，嶙峋的岩石也都好端端的。

船長測定了方位，看了看地圖，說這是「比安基島」，位置在諾爾勒歇特群島的海灣入口處。這座島命名為比安基島，是為了紀念俄羅斯科學家瓦連京・利沃維奇・比安基，也就是《森林報報》紀念的那位科學家。因此我認為，你們會想知道這座小島長什麼樣子、有什麼東西。

這座島是許許多多岩石雜亂堆成的，有巨大的圓石頭，也有四四方方的大石板。岩石上沒有灌木，也沒有青草，只有一些淡黃色和白色的小花，稀稀落落閃爍著。還有，在背風朝南的岩石上長滿了地衣和短短的苔蘚。這裡有一種苔蘚，很像我們那裡的乳菇，柔軟又多汁，我從來沒有看過這種苔蘚。比較平緩的海岸上有一大堆漂來的木頭，有原木，有樹幹，也有木板。全都是從海上漂來的，也許漂了幾千公里呢！這些木頭都乾透了，屈起手指輕輕一敲，就會發出清脆的聲音。

現在是七月底，可是這裡的夏天才剛剛開始。不過，浮冰和小冰山依舊從島旁邊漂過去。它們在陽光下閃閃發亮，白晃晃的讓人睜不開眼睛。這裡的霧好濃，低低的籠罩在島上和海面上。如果有船隻經過，只能看見桅杆，看不見船身。不過，這裡很少有船經過。島上荒無人煙，所以島上的鳥獸不太怕人，很容易就能抓到牠們。

比安基島是真正的鳥類樂園。這裡沒有鳥的市場，沒有幾萬隻鳥胡亂擠在一塊岩石上築巢的情形。數不清的鳥兒，自由自在的在島上安排自己的窩巢。成千上萬的野鴨、大雁、天鵝、潛鳥和各式各樣的鷸鳥，都在這裡築巢。比這些鳥住得高一些，在光禿禿的岩石上築巢的有：海鷗、海鴉和暴風鸌。這裡什麼樣的海鷗都有，有渾身雪白但翅膀黑色的海鷗；有身體纖瘦、羽毛粉紅色、尾巴像剪刀那樣叉開的海鷗；有體型碩大且性情凶暴的北極鷗，牠們吃鳥蛋、小鳥，也吃小動物。這裡還有渾身雪白的大型貓頭鷹，雪鴞。腹部白色的雪鵐會像百靈鳥一樣，飛到雲霄裡唱歌。角百靈在地上邊跑邊唱，牠們的頸上長著黑羽毛，像黑鬍子似的，頭上豎起兩撮黑毛，好像一對小犄角。

這裡還有許多有意思的動物。

我帶了早點，到海岬後方的海岸上坐著。許多兔尾鼠在身邊竄來竄去，這種齧齒動物個子很小，渾身毛茸茸的，長著灰、黑和黃色的毛。

島上有很多北極狐。我看到亂石堆中有一隻，正偷偷的靠近一窩還不會飛的小海鷗。忽然，海鷗發現了牠，馬上群起大叫大嚷的撲向牠。一陣吵鬧聲之後，這個小偷嚇得夾著尾巴，沒命的逃走了。這裡的鳥很會保衛自己，不讓雛鳥受到傷害。反過來說，這裡的動物就得挨餓了。

我往海上眺望，海面上有許多鳥游著。我吹了一聲口哨，突然間，岸邊的水裡鑽出幾顆皮毛光滑的圓腦袋，用一雙雙烏黑的眼睛好奇的盯著我看，大概在想：「哪裡來的醜八怪！幹麼吹口哨呀？」

這是環斑海豹，一種小型的海豹。

離岸遠一些的地方，出現一隻體型很大的海豹，是髯海豹。更遠處有一些長著鬍子的海象，牠們的體型更大。忽然，海豹和海象都鑽進水裡，鳥兒大叫著飛上天空——原來是一隻北極熊從島旁邊游過去，牠只從水裡露出頭。北極熊是北極地區最凶猛、力氣最大的動物。

我覺得餓了，想拿早點來吃。我記得把早點放在身後一塊石頭上，現在卻找不到了。我跳起身來。一隻北極狐從石頭底下竄出來。

小偷！是這個小偷悄悄走過來，偷走了早點，嘴裡還啣著我用來包三明治的紙！你看，這裡的鳥把動物餓成什麼樣子了！

領航員　馬爾丁諾夫

打獵的故事

現在這時候，雛鳥還沒長大、還沒學會飛，打獵怎麼打呢？更何況雛鳥和幼獸是不能打的，法律禁止在這個時期獵捕飛禽走獸。

不過，法律允許獵捕專吃林中小動物的猛禽和危害人類的動物。

黑夜的恐怖

夏天的晚上，如果你到外面走走，會聽見樹林裡傳來一陣陣奇怪的聲音，忽然冒出幾聲「禍禍禍！」忽然幾聲「哈哈哈！」簡直嚇死人，背上的寒毛全都豎起來了！

有時候還會聽到有人在屋頂嗚嗚大叫，彷彿在說：「快走！快走！大禍臨頭……」

就在這時候，漆黑的半空中燃起兩盞圓溜溜的綠燈，是一雙凶惡的眼睛。緊接著，一個無聲無息的黑影從你身邊一閃而過，幾乎擦到你的臉。是不是很令人害怕？

就是因為這樣，大家都討厭夜裡出沒的猛禽，貓頭鷹。樹林裡的貓頭鷹夜夜狂笑，聲音尖銳刺耳；棲息在人類住家屋頂的貓頭鷹，用一種不祥的聲音不停的對人們說：「快走！快走！」

即使是大白天，從黑漆漆的樹洞裡，突然探出一顆頭，瞪著一雙黃澄澄的圓眼睛，張開像鉤子的嘴喙，發出響亮的吧嗒吧嗒聲，也很容易把人嚇一大跳呢！

如果三更半夜裡，家禽發生騷動，雞鴨鵝一起亂叫，咯咯咯、呷呷呷、嘎嘎嘎的吵成一片。第二天早晨，主人發現少了幾隻小雞，他一定會怪到貓頭鷹頭上。

白天的搶劫

不光是夜晚，就連白天，猛禽也鬧得農村的村民不得安寧。老母雞一沒注意，牠的小雞就被鳶抓走了一隻。公雞才跳上籬笆，鷹就把牠抓走了。鴿子剛從屋頂起飛，不知道從哪裡飛來一隻隼，衝入鴿群中，只看到羽毛四散飛舞，牠已經用爪子抓住一隻鴿子，一下子就消失得無影無蹤。

農村的村民對猛禽恨得牙癢癢的。如果碰到猛禽，根本不會仔細研究哪種是益鳥，哪種是害鳥，只要看見有鉤形嘴喙和長爪子的猛禽，就立刻把牠打死。如果他們認真的大幹一場，把附近一帶所有的猛禽都打死或趕跑，到時候後悔就來不及了：田裡的野鼠會大量繁殖，黃鼠會吃光作物，兔子會啃光菜園裡的甘藍。

不懂得衡量利害關係的村民，在經濟上會蒙受很大的損失。

誰是朋友，誰是敵人？

要好好的學會辨別有益的猛禽和有害的猛禽，才不會把事情弄得那麼糟。會傷害野鳥和家禽的猛禽，是有害的。有益的猛禽則是會消滅野鼠、田鼠、黃鼠和其他對我們有害的齧齒動物以及蝗蟲等害蟲。

貓頭鷹的模樣雖然很可怕，但牠們都是益鳥。我們這裡只有體型大的貓頭鷹，雕鴞和林鴞是害鳥。不過，牠們其實也常常捕食齧齒動物。

白天活動的猛禽當中，最有害的是鷹。我們這裡有兩種鷹：碩大的蒼鷹和小個子的北雀鷹。北雀鷹只比鴿子大一些。

鷹很容易和其他猛禽區分。牠們是灰色的，胸部有雜色的波紋，頭

小小的，眼睛淡黃色，翅膀圓圓的，尾巴長長的。鷹既強悍又凶惡，即使是個子比牠們大的動物，牠們也敢撲殺。甚至已經吃飽了，也會毫不猶豫的獵殺其他鳥類。

鳶很容易辨識，牠的尾巴內凹，像魚尾。牠比鷹弱得多，不敢撲殺個子大的飛禽走獸，只會到處張望，看哪裡有笨頭笨腦的小雞可抓，或是哪裡有腐爛的動物屍體可以啄食。

隼當中，體型大的是害鳥。隼的翅膀尖尖、彎彎的，像鐮刀。牠們飛得比其他鳥快，常常攻擊在空中飛行的鳥，這樣才不會在撲空時，猛然撞到地上。至於小型隼，最好不要撲殺牠們，因為牠們當中有些非常有益，紅隼就是一個例子。紅隼的背部為紅褐色，常常可以在田野上空發現。牠會懸在半空中，好像被一根看不見的線吊在雲堆下，並且抖動著翅膀，搜尋草叢裡的野鼠和蝗蟲。

鵰對我們是害多利少。

怎樣打猛禽？

有害的猛禽一年四季都可以打，有各式各樣的方法。最方便的方法是在牠們的巢旁邊打牠們。不過，這種打法很危險。

碩大的猛禽為了保護雛鳥，會狂叫著向人撲過來。因此，不得不在離牠很近的地方開槍。槍要打得快，打得老練，一旦被牠們攻擊，你的眼珠子可就難保了。不過，牠們的巢很難找到。鵰、鷹、隼都把巢安置在難以攀登的岩石上，或是茂密的森林裡高大的樹木上。鵰鴞和林鴞的巢通常在岩石上，或是在稠密叢林的地上。

從暗處偷襲

鵰和鷹常常停在乾草堆上，或是孤零零屹立著的枯樹上，尋找可以捕捉的小動物。我們很難接近牠們。

所以得靠偷襲，也就是從灌木叢或石頭後面，悄悄的爬過去打。必須用遠射程的來福槍和小子彈。

帶個幫手

獵人去打白天活動的猛禽時，常常帶著一隻鵰鴞。

頭一天，他在附近一處小丘上插一根木杆，木杆上有一截橫木。在距離木杆幾步遠的地方，埋一棵枯樹，然後在旁邊搭個小棚子。

第二天早晨，獵人帶著鵰鴞來到這裡，把牠放在木杆的橫木上，繫好，自己則躲進小棚子裡。

過沒多久，只要鷹或鳶看見這個可怕的醜八怪，馬上就會撲過來。鵰鴞夜裡經常出來打劫，所以仇敵很多，大家都想報復牠。

牠們在空中盤旋，一次次向鵰鴞撲過來，然後停在枯樹上，朝這個強盜大聲叫囂。鵰鴞被繫在木杆上，只能豎起渾身的羽毛，瞪著眼睛，吧嗒著鉤形的嘴喙，一點辦法也沒有。

猛禽怒氣沖天的時候，不會注意到小棚子，這時候就可以開槍了。

黑夜打獵

最有趣的是，黑夜裡打猛禽。鵰和其他大型猛禽過夜的地方不難發現，比如說，在沒有岩石的地方，鵰通常在孤立的大樹頂上打盹。

獵人就選一個沒有月光的黑夜，來到這樣的大樹旁。

鵰在沉睡，所以獵人可以走到樹下。獵人出其不意的打開手電筒，對著鵰照射。鵰被突如其來的耀眼亮光照醒，瞇著眼睛，迷迷糊糊的。牠什麼也看不見，搞不清楚發生了什麼事，就呆呆的待在那裡，一動也不動。獵人從樹下往上看，看得一清二楚。他瞄準好，然後開槍。

夏季狩獵

從七月底起，獵人就等得不耐煩，焦急起來了。雛鳥已經長大了，可是政府還沒有宣布今年打獵禁令解除的日期。

後來，好不容易等到這一天。報紙刊出公告說，今年從八月六日起解禁，允許在樹林和沼澤裡打飛禽走獸。

獵人們早就裝好了彈藥，再三檢查獵槍。八月五日那一天下班的時候，各個城市的火車站都擠滿了扛著獵槍、牽著獵狗的人。

呵！火車站裡什麼樣的獵狗都有！短毛的獵犬和光毛獵犬，尾巴直直的像根鞭子，有著各式各樣的顏色：白色帶小黃斑點；黃色帶雜色斑點；棕色帶雜色斑點；白色，眼睛、耳朵和全身有大黑斑；

深咖啡色；渾身烏黑發亮。也有長毛而尾巴像羽毛一樣的獵犬，毛色也很多樣：白色，帶著閃青灰色光的小黑斑點；白色帶大黑斑；還有紅色的，渾身火黃的、渾身火紅的、幾乎是純紅色的。還有體型很大的獵犬，牠們顯得很笨拙，行動遲鈍，毛色是黑的，帶著黃色斑點。這些都是為了夏天打剛離巢的野鳥而飼養的獵狗，全都經過一番訓練，一嗅到飛禽的氣味就停住腳步，一動也不動，鼻子朝著飛禽所在的方向，等候主人走過去。

還有一種矮小的獵狗，毛長腳短，耳朵長長的，尾巴短短的，這是西班牙獵犬。牠們不會站定指示方向，可是帶著這種狗在草叢或莞草裡打野鴨，或是在茂密的樹林裡打琴雞，都很方便。無論飛禽在哪裡，水裡、莞草叢裡、茂密的灌木林裡，這種狗都會把牠趕出來。如果飛禽被打死或被打傷了，不管落在哪裡，這種狗都會把牠啣來交給主人。

大多數的獵人都是搭乘近郊火車到鄉間去，每個車廂裡都有獵人的身影。大家都看著他們，瞧著他們漂亮的獵狗。車廂裡的人都在談論野味、獵狗、獵槍和打獵的事蹟。獵人們簡直成了英雄好漢，他們不時抬起眼睛，驕傲的看看那些沒帶獵槍、沒帶獵狗的「平凡」乘客。

八月六日晚上和七日清晨的火車，把獵人載回來了。可是，許多獵人臉上洋洋得意的神情完全消失了，癟癟的背包垂頭喪氣的掛在背上。平凡的乘客笑容滿面的迎向昨日的英雄好漢：「野味在哪裡呀？」

「野味留在林子裡了。」

「飛到別的地方去送死了。」

這時候，從小車站上來了一位獵人，他的背囊裝得鼓鼓的，馬上獲得一陣讚美。他沒有看任何人，只顧著找座位，大伙兒趕緊挪出地方給他坐。他大模大樣的坐了下來。他鄰座的人十分機智，馬上對車廂裡的人說：「咦，你打的野味怎麼有綠色的腳爪呀！」他一邊說著，一邊很不客氣的掀開背包的一角。裡面露出了雲杉樹枝的末梢。真是難堪呀！

森林布告欄

請幫助流浪兒

在「雛鳥出生月」裡，常常可以看到雛鳥從巢裡掉下來，或是失去了媽媽。牠趴在地上或是往灌木叢、草堆裡亂鑽，想躲避你這個兩隻腳的大怪物。可是牠的腳還很軟弱，翅膀還不會飛，不知道怎麼辦才好。你很容易就能捉住牠。你把牠拿在手裡，心裡忍不住這樣想：你這小傢伙是什麼鳥？你的媽媽在哪裡？

可是牠只會啾啾叫，叫得好大聲、好可憐呀！顯然牠是在呼喚牠的媽媽。你也很想把牠送還給牠的爸爸媽媽。可是，問題來了：牠的爸爸媽媽是什麼鳥呢？

這時候，你張著嘴巴發呆，該怎麼辦呢？其實你用不著張開嘴巴，倒是應該張大眼睛好好看一看。要猜出牠是什麼鳥，的確不太容易，因為雛鳥長得非常不像牠們的父母，而且鳥爸爸和鳥媽媽往往也長得不一樣。不過，你有的是一雙敏銳的眼睛。仔細觀察，雛鳥的腳長什麼樣子、嘴喙又是什麼模樣，然後再去找有同樣腳和嘴喙的鳥，雄的或雌的都可以。雄鳥和雌鳥的羽毛可能不一樣，至於雛鳥，可能根本還沒長羽毛，只有一身絨毛，甚至渾身光溜溜的。但是根據牠的嘴喙和腳，可以一眼就認出牠的父母。然後，你就可以把牠們走失的孩子送還給牠們了。

琴雞的尾巴

琴雞爸爸的長尾巴很有特色，末端好像兩根辮子。可是你不能看尾巴，因為琴雞媽媽的尾巴就不是這樣。至於小琴雞呢，根本還沒有尾巴。

燕雀的腳

燕雀的雛鳥跟其他鳥的雛鳥差不多，剛出蛋殼時，才一丁點大，光著身體，軟弱無力。燕雀爸爸和燕雀媽媽外形相近，身體差不多大小，尾巴也一樣，只是羽毛的顏色不同。只要看雛鳥的腳，你就可以認出牠是燕雀的雛鳥。

綠頭鴨

綠頭鴨媽媽的嘴是扁平的，小綠頭鴨和綠頭鴨爸爸也是這樣。牠們的腳趾間有蹼相連。仔細觀察牠們的蹼，別把野鴨跟冠鷿鷈搞混了。

猛禽的招牌特徵

猛禽的嘴喙有個特點，就是像鉤子一樣，而且腳上有銳利的腳爪。猛禽的雛鳥也是一樣。

冠鷿鷈

冠鷿鷈媽媽和冠鷿鷈爸爸長得很像。小冠鷿鷈也很容易辨認，只要看牠的嘴和腳蹼就行了，跟野鴨的完全不一樣。

第五次競賽

☆ 射箭要打中靶心！答案要對準題目！

1. 鳥兒什麼時候有牙齒？
2. 一年當中，哪一季猛禽和動物能吃得最飽？
3. 蝌蚪發育成青蛙，是先長前腳，還是先長後腳？
4. 灰山鶉媽媽為什麼在地上，拖著翅膀一拐一拐的走，假裝受傷？
5. 田鷚的雛鳥是早熟型的，具有什麼特色？
6. 哪種鳥的雛鳥不認得親生媽媽？
7. 哪種鳥的雛鳥會模仿蛇，從樹洞裡發出嘶嘶聲？
8. 為什麼越橘的漿果可以保存很久？
9. 列寧格勒一帶，有沒有會捕食動物的植物？
10. 佛甲草靠什麼傳播種子？

⑪ 雲杉、白樺和山楊，哪種植物比較耐陰，哪種植物比較依賴陽光？

⑫ 馬鈴薯成熟時，莖葉會有什麼變化？

⑬ 蹲在那裡瞪大眼睛，嘴裡說的不是人話；出生在水裡，居住在地上。（謎語）

⑭ 小小身體，分做三樣，各在一方：軀體橫在場上，腦袋擺在桌上，腳兒還在田裡放。（謎語）

⑮ 躺在地上睡覺，一到早晨就不知去向。（謎語）

第6期

結隊飛行月

夏季第三月 8月21日~9月20日

太陽的詩篇

八月，是閃電之月——只看得到閃光而聽不見雷聲的夏季閃電。夜裡，遠方會出現一道道閃電，無聲的照亮天空，瞬息即逝。

草地在夏季裡最後一次換裝。現在，它變得五彩繽紛，花兒的顏色越來越深，有藍色的，也有淡紫色的。太陽光在逐漸減弱，草地要收藏臨別的陽光了。

蔬菜、水果等較大的果實快要成熟了；覆盆子、越橘等晚熟的果實也快要成熟了；沼澤地上的蔓越橘、花楸樹上的果實，都快要熟透了。

長出了一些蕈菇，它們不喜歡火熱的太陽，藏在陰涼處躲避陽光，真像是老頭子。

樹木已經停止生長，不再長高、變粗了。

森林裡的規矩

森林裡的小孩子都長大了，離開了窩巢。

春天時，鳥兒成雙成對，各自住在固定的地盤上，現在都帶著孩子們，在樹林裡四處「游牧」。

森林裡的居民你來我往，互相拜訪。

掠食性的動物和猛禽也不再嚴守自己獵食的區域了。獵物很多，到處都有，完全夠大家吃。

貂、鼬和白鼬在樹林裡竄來竄去，無論在哪裡，都能輕而易舉的找到食物：傻頭傻腦的幼鳥、缺乏經驗的小兔子、粗心大意的小野鼠……

鳥兒集合成一群群，在灌木和喬木間旅行。

成群結隊的鳥類有自己的規矩，規矩就是：我為大家，大家為我。

無論誰先發現敵人，都得尖叫一聲或是發出尖哨聲，警告大家，讓大家趕緊四散飛逃。要是有一隻鳥受到攻擊，大家就一起飛起來，大叫大吵，嚇退敵人。

成百對眼睛、成百雙耳朵在時時警戒，成百張尖嘴喙準備隨時擊退敵人。加入鳥群的幼鳥當然越多越好！

在鳥群裡面，幼鳥得遵守一個規矩：一舉一動都得模仿老鳥。老鳥不慌不忙的啄麥粒，幼鳥也跟著啄食；老鳥抬起頭來一動也不動，幼鳥也得抬起頭來一動也不動；老鳥逃跑，幼鳥也得跟著逃。

教練場

鶴和琴雞都有「教練場」，供自己的孩子學習。

琴雞的教練場在林子裡。年輕的琴雞聚集在那裡，觀察琴雞爸爸做些什麼。琴雞爸爸咕嚕咕嚕叫，年輕琴雞也咕嚕咕嚕叫起來。琴雞爸爸「啾費！啾費！」的叫，年輕琴雞也尖聲尖氣的「啾費！啾費！」叫。

不過，現在琴雞爸爸的叫聲變了，跟春天不一樣。春天的時候，牠的叫聲好像是：「我要賣掉大衣，買件外套！」現在好像是：「我要賣掉外套，我要買件大衣！」

年輕的鶴排成隊伍，飛到教練場去。牠們學習飛行時怎樣排成整齊的「人」字形隊伍。牠們必須學會這件事，這樣，在長途飛行的時候，才能夠節省力氣。

飛在「人」字形隊伍最前面的，是身強力壯的老鶴。牠擔任先鋒，要衝破氣流，所以牠的任務比其他的鶴更加艱難。等到牠飛累了，就退到隊伍末尾，由其他強壯的老鶴取代牠，繼續領隊。

年輕的鶴跟在領隊的後面飛，一隻緊跟著一隻，頭接著尾巴，尾巴接著頭，按照節拍鼓動翅膀。哪一隻身體強一些，就飛在前面，哪一隻身體弱一些，就跟在後面。

「人」字形隊伍用三角形前方的尖角突破一個個的氣流，就像船用船頭破浪前進一樣。

咕爾，勒！咕爾，勒！

這是命令，意思是說：「注意，到目的地了！」

鶴一隻跟著一隻落到地上。這裡是田野的一塊空地，年輕的鶴在這裡學習舞蹈和體操。牠們跳啊、轉啊，依照節拍做出各種靈巧的動作。還得做一項困難的練習：用嘴喙把一塊小石子拋上去，再用嘴喙接住。

牠們就是這樣為長途飛行做準備。

蜘蛛飛行員

沒有翅膀，要怎麼飛呢？

得想辦法！於是，小蜘蛛變成了飛行員。

小蜘蛛爬到草叢、灌木或樹的高處，先從腹部分泌出一條絲線，固定好身體，然後把腹部翹得高高的，分泌出許多細細的絲線。風吹著細絲，細絲隨風飄動，並不會被吹斷，因為蜘蛛絲非常強韌。

蜘蛛絲越抽越多，風越吹越厲害……

一、二、三，小蜘蛛切斷做為錨的絲線，風把小蜘蛛刮走了！腹部分泌出來的蜘蛛絲像一張風帆，讓小蜘蛛乘風而飛。

小蜘蛛飛得高高的，飛過了草地，飛過了灌木叢。飛行員從上往下看：在哪裡降落最好呢？下面是樹林，是小河。再往前飛呀！再往前飛呀！瞧，這是誰家的小院子？有一群蒼蠅繞著一坨糞堆飛舞。降落吧！

蜘蛛絲的一頭掛在草葉上，小蜘蛛著陸了！就在這裡安居樂業。

秋天，在天氣晴朗、乾燥的時節，許多小蜘蛛帶著牠們的細絲在空中飛行。鄉村的人就說：「秋老了！」那是秋的白髮飄飄，宛如銀絲。

林中大事記

一隻山羊吃光一片樹林

不是笑話，一隻山羊真的吃光了一片樹林。

這隻山羊是森林的護林員買的。他把牠帶到樹林裡，拴在草地一根柱子上。沒想到，半夜的時候，山羊掙斷繩子，逃走了。

周圍全是樹木，牠跑到哪裡去了？還好那一帶沒有狼。護林員找了牠三天，還是沒有找到。第四天，山羊自己回來了，咩咩咩的叫著，彷彿在說：「你好！我回來了！」

晚上，附近一位護林員慌慌張張的跑來。原來，山羊把他那個區域所有的樹苗都啃掉了——把一整片樹林吃光了！

樹木小的時候，完全不能保護自己。隨便一

隻動物都能欺負它，把它從土裡拔出來、吃掉。

山羊看中了細小的松樹苗。它們看起來很漂亮，像小棕櫚樹，下面是一根纖細的小紅柄，上面是軟軟的綠針葉，像一把把扇子似的張著。大概山羊覺得它們非常好吃吧！

大松樹的話，山羊就不敢碰了，大松樹會把山羊戳得皮破血流！

森林通訊員　維利卡

趕走強盜

柳鶯成群結隊在林子裡到處飛，從這棵樹飛到那棵樹，從這叢灌木飛到那叢灌木。牠們在每一棵樹上、每一叢灌木中，上上下下，裡裡外外，仔仔細細的搜尋各個角落，把樹葉背後、樹皮上、樹縫裡的青蟲、甲蟲或蝴蝶飛蛾，統統吃掉。

「啾咿！啾咿！」一隻鳥驚慌的叫了起來。所有鳥立刻開始警戒，牠們看到樹下有一隻凶惡的白鼬，正偷偷的爬過來。牠躲在樹根之間，露出灰棕色的背脊，不一會兒又隱沒在地上的枯木間。牠細長的身體像蛇一樣扭動，兩隻狠毒的眼睛在陰暗中射出火花般的凶光。

「啾咿！啾咿！」四面八方的鳥兒都叫起來了，這一群柳鶯全體匆匆忙忙的離開了那棵大樹。

白天時，只要有一隻鳥發現敵人，整群的鳥都可以逃脫。可是晚上的時候，鳥兒躲在樹枝下睡覺。敵人可沒睡覺！貓頭鷹用柔軟的翅膀撥動空氣，悄然無聲的飛行，看準鳥兒停棲的位置，伸出爪子一抓，睡得迷迷糊糊的鳥兒嚇得驚慌失措，四處亂竄。總會有兩、三隻被抓走，在強盜的鐵爪中掙扎。天黑的時候，真是不妙！

現在，這群鳥兒從一棵樹飛到另一棵樹，從一叢灌木飛到另一叢灌木，往森林的深處飛去。這些身體輕巧的鳥兒，穿過密密層層的樹葉，鑽進了最隱密的角落。

在茂密的樹林中間，有一截粗大的樹墩。樹墩上面有一簇奇形怪狀的蕈菇。一隻柳鶯飛到蕈菇旁邊，牠想看看那裡有沒有蝸牛。

忽然，蕈菇灰茸茸的蕈傘掀了起來，下面有一雙圓溜溜的眼睛。這時，柳鶯才看清楚，這是一張貓臉似的圓臉，臉上還有鉤子似的嘴喙。

柳鶯大吃一驚，連忙飛到旁邊，尖聲高叫起來：「啾咿！啾咿！」整群鳥開始騷動，可是沒有一隻鳥飛走，大家集合起來，把那截可怕的樹墩團團圍住。

「貓頭鷹！貓頭鷹！貓頭鷹！救命！救命！」

貓頭鷹怒氣沖沖，鉤子嘴喙一張一合吧嗒吧嗒的響著，好像在說：「哼！找上我啦！不讓我好好睡覺！」

許多鳥聽見柳鶯的警報，從四面八方飛過來了。

有強盜！

個子小、頭頂黃色的戴菊鳥從高大的雲杉上飛下來，身段靈巧的山雀從灌木叢裡跳出來，勇敢的投入戰鬥。牠們在貓頭鷹的眼前飛繞，不停的盤旋，冷嘲熱諷的向牠叫著：「來呀！你來碰我們呀！來呀！你來捉我們呀！儘管來！捉住我們！大白天裡，你倒是試試看！你這個卑鄙的夜賊、強盜！」

貓頭鷹只是把嘴喙弄得吧嗒吧嗒響，眼睛一眨一眨的。大白天裡，牠有什麼辦法呢？

鳥兒絡繹不絕的飛來。柳鶯和山雀的尖叫、喧囂，引來了一大群膽大力壯的烏鴉：翅膀有淡藍色花紋的松鴉。

貓頭鷹嚇壞了，拍動翅膀，溜之大吉。快逃吧！保全性命要緊，不趕快逃走，會被松鴉啄死的。

松鴉緊跟在牠後面追，追呀追呀，一直追出了森林。

今晚，柳鶯可以安心睡一覺了。這樣大鬧一場後，貓頭鷹會很長一段時間不敢回到老地方來。

野草莓的繁殖

森林邊緣的野草莓紅了。鳥兒找到紅色的野草莓，啣著飛走了。牠們會把野草莓的種子散播到很遠的地方。不過，有一部分野草莓的後代還留在原地，和親生的母親並排長在一起。

瞧，這株野草莓旁邊已經出現了匍匐在地上的細莖：走莖。走莖上長出一株小小的新植株，包括一簇叢生的小葉子和根。這裡還有一株。這一條走莖上總共有三簇叢生的小葉子。第一株小植株已經扎根了；其餘兩株還沒發育好。走莖從母株往四面八方爬去。要找帶著去年的子女的老植株，就得在這一帶野草稀疏的地方找。比方說這一株，中間是母株，圍繞在周圍的是它的小孩，一共有三圈。每一圈有五株。

野草莓就像這樣，一圈一圈的向外擴展，占據土地。

尼娜．巴甫洛娃

熊嚇死了！

這一天晚上，獵人很晚才走出森林，回到村莊。他走到燕麥田邊，看到燕麥田裡有一個黑糊糊的東西。

那是什麼東西？難道是牲口闖到不該去的地方了？

獵人仔細一看，老天爺！是一隻熊！牠肚皮朝下趴在地上，兩隻前掌摟住一束燕麥，把麥穗壓在身體下面吸吮著。牠舒舒坦坦的，滿足得發出哼哧的聲音。看來，燕麥漿很對牠的胃口。

獵人今天是去打鳥，所以沒帶槍彈，身邊只剩一顆小霰彈。不過，這位獵人是個勇敢的小伙子。他心想：「管它打得死打不死，先開一槍再說。總不能讓熊糟蹋村子的麥田呀！不嚇嚇牠，牠是不會離開的。」

他裝上霰彈，朝熊開了一槍，正好打在傻大熊的耳朵邊。熊措手不及，嚇得跳了起來。麥田邊剛好有一叢灌木，熊像隻鳥似的竄了過去，然後翻了個大筋斗。牠爬起來，頭也不回的向森林跑去。

獵人看到熊這麼膽小，覺得很好笑。他笑了一陣，就回家去了。

第二天，他想：「得去看看田裡的麥子被熊糟蹋了多少。」他來到昨天那個地方，一看，沿路都有熊糞的痕跡，一直通到森林裡，原來昨天那隻熊嚇得拉肚子了。

他順著痕跡走過去，看到熊躺在那裡死了。

這麼說，熊被嚇死了。牠可是森林裡最強人、最可怕的動物呢！

可食用的蕈菇

雨後，又長出蕈菇來了。

最好的蕈菇，是長在松林裡的美味牛肝菌。它們長得厚實又肥碩，蕈傘是深栗色的，具有一種聞起來很舒服的香味。

林中小路旁的矮草叢裡，長出了乳牛肝菌。這種蕈菇剛冒出來的時候很好看，像小絨球。雖然好看，可是黏糊糊的，總會有東西黏在它上面，不是枯樹枝，就是細草稈。

松林的草地上，長出了松乳菇，呈橘紅色，隔得老遠就可以看見。松林裡這種蕈菇可真不少！大的差不多跟小碟子一樣大，蕈傘被蟲咬得都是洞。最好的松乳菇，是不大不小，比硬幣稍微小一點的，這種的才肥碩厚實，它們的蕈傘中間凹陷，邊緣捲起。

雲杉林裡也有很多蕈菇。雲杉樹下也長出了美味牛肝菌和松乳菇，不過，它們和松林裡的不一樣。美味牛肝菌的蕈傘顏色比較

深，有點發黃，蕈柄比較細、比較長。松乳菇的蕈傘不是橘紅色，而是帶點綠色，上面一圈一圈的環紋像樹幹的年輪。

白樺和山楊樹下，也有各式各樣獨特的蕈菇，像是白樺茸、疣柄牛肝菌等。白樺茸在離白樺樹很遠的地方也有生長。疣柄牛肝菌長得很好看，體態端莊、婀娜多姿，蕈傘和蕈柄都像雕刻出來的。

尼娜．巴甫洛娃

有毒的蕈菇

雨後，有毒的蕈菇也長出了不少。可食用的蕈菇大多是白色的，不過，毒蕈也有白色的，要注意辨別！

毒鵝膏是毒蕈中最毒的一種，吃下一小塊就可能喪命，比被毒蛇咬一口還可怕。誤吃這種毒蕈，中了它的毒，很少有恢復健康的。

毒鵝膏有個特點，就是它的蕈柄看起來像是插在細頸的大花瓶裡。

有人說，毒鵝膏跟蘑菇之類的蕈菇很容易混淆，它們的蕈傘都是白的。但是蘑菇的蕈柄很一般，誰也不會說它像是插在花瓶裡。

毒鵝膏是「鵝膏菌」家族的成員。這類蕈菇當中，有些跟毒鵝膏一樣具有毒性，也長得很像，如果用鉛筆把它們畫下來，人們根本認不出來是哪種鵝膏菌，它們的蕈傘上面通常有白色的鱗片，蕈柄上有環，像圍著一條領子似的。

還有兩種危險的毒蕈，很容易誤認成美味牛肝菌。這兩種毒蕈，一種叫做「苦粉孢牛肝菌」，一種叫做「細網牛肝菌」。

它們和美味牛肝菌不同的地方是：它們的蕈傘底部，不像美味牛肝菌那樣是白色或淺黃色的，而是粉紅色或紅色。還有，如果把美味牛肝菌的蕈傘捏碎，它還是白的。如果把苦粉孢牛肝菌和細網牛肝菌的蕈傘捏碎，起初顏色變紅，之後會變黑。

「雪花」紛飛

昨天，我們這裡的湖面上「雪花」紛飛。輕飄飄的鵝毛大雪在空中飛舞，眼看著就要飄落到水面，卻又騰空升起，迴旋著，迴旋著，從空中撒落下去。晴朗無雲，陽光很強，熱空氣在滾燙的陽光下徐徐流動，一點風也沒有，可是湖上卻大雪紛飛！

今天早上，整個湖面和湖岸邊，都撒滿了一片片乾巴巴的雪花。這場雪真奇怪，灼熱的太陽晒不化它，也不能把它照得閃閃發光。這種雪花是暖的、是脆的。

我們走過去看。走到湖岸邊，才看清楚，根本不是雪，而是成千上萬有翅膀的小昆蟲，蜉蝣！

牠們是昨天從湖裡飛出來的。牠們在黑暗的湖底住了整整三年。那時候，牠們是模樣醜陋的小稚蟲，在湖底的淤泥裡成群的蠕動，吃淤泥和腐爛的水藻維生。牠們一直待在黑暗裡，從來沒見過太陽。

就這樣，過了三年，整整一千天！

昨天，這些稚蟲爬上岸，蛻掉身上醜陋的外皮，展開輕巧的翅膀，拖出三條又細又長的尾巴，飛到空中。

蜉蝣的成蟲只有一天的壽命，在空中盡情的迴旋跳舞、尋歡作樂，因此，大家叫牠們「短命鬼」。整整一天，牠們在陽光中跳舞，像輕盈的雪花般飛翔、旋轉。雌蜉蝣降落到水面，把小小的卵產在水裡。夕陽西下、黑夜降臨時，湖岸邊和水面上就撒滿蜉蝣的屍體。

蜉蝣的卵孵化成稚蟲，在黑暗的湖底度過整整一千天，然後蛻變成快活的短命鬼，展開翅膀飛到湖水上空……

罕見的白野鴨

一群野鴨降落在湖中央。

我從岸上觀察，是一群披著灰色羽毛的雄野鴨和雌野鴨。我驚訝的發現，裡面有一隻淺色的野鴨，非常顯眼。牠老是待在野鴨群的中間。我用望遠鏡仔細觀察，牠渾身上下、從頭到尾都是淺奶油色的。當清晨明亮的太陽從烏雲探出頭來，牠就顯得格外雪白閃亮，在一群深灰色的同類之中非常耀眼而突出。但除此之外，牠和別的野鴨長得都一樣。

我打獵打了五十年，還是第一次看見白化症的野鴨。白化症的動物體內缺乏色素，一生下來就是渾身雪白或是顏色非常淡，一輩子都是這樣。牠們沒有「保護色」。自然界裡，動物身上的保護色具有救命的意義，因為保護色可讓動物在棲息的環境中不容易被天敵發現！

這隻野鴨真是奇蹟，居然逃過了猛禽的利爪。我很想打到牠，但是辦不到，因為這群野鴨降落在湖心休息，就是為了讓人無法接近牠們。我只能等待機會，看什麼時候能在岸邊遇到這隻白野鴨。

我沒想到，很快就等到了這樣的機會。

一天，我沿著湖岸走，突然從草叢裡飛出幾隻野鴨，白野鴨也在其中。我舉起槍，朝牠開槍。在開槍的瞬間，白野鴨被一隻灰野鴨擋住。灰野鴨被霰彈打傷而掉下來，白野鴨卻和其他野鴨一起飛走了。

這是偶然嗎？當然！不過，那年夏天我還看過白野鴨好幾次。無論在湖中央或湖岸邊，總是有幾隻灰野鴨陪伴著牠，好像是在保護牠。也難怪獵人的霰彈都打在普通灰野鴨的身上，白野鴨卻安然無恙的飛走。

總之，我始終沒有打到牠。這件事發生在皮洛斯湖上。皮洛斯湖位於諾甫戈羅德省和加里寧省交界處。

維塔利．比安基

綠色的朋友

應該種什麼樹？

你們知道應該用哪些樹來造林嗎？

我們為了造林，已經選好十六種喬木和十四種灌木。這些樹木在俄羅斯各地都可以栽種。

主要樹種有：櫟樹、楊樹、楟樹、樺樹、榆樹、楓樹、松樹、落葉松、桉樹、蘋果樹、梨樹、柳樹、花楸樹、錦雞兒、野薔薇、醋栗等。

所有的小孩子都應該知道，並牢牢記住，這樣，開闢苗圃的時候，他們才知道要採集什麼植物的種子。

森林通訊員　拉甫羅夫、拉利奧諾夫

機器種樹

我們要種很多很多樹木，靠雙手栽種，可忙不過來。因此，要靠機器幫忙。人類發明並製造了各式各樣複雜巧妙的植樹機。這些機器不但能播種樹木種子，還能栽種苗木，甚至栽植大樹。有栽種森林帶的機器，有在溪谷邊造林的機器，有挖掘池塘的機器，有整地的機器，甚至還有照料苗木的機器。

新的湖泊

在列寧格勒，有許多大大小小的河流、湖泊和池塘，所以夏天不太熱。可是在我們克里米疆區，池塘很少，又沒有湖泊，只有一條小河流過我們這裡。然而，一到夏天，這條小河會乾涸，大家只要捲起褲管，就能赤腳走過去。

以前，我們農村的果園和菜園經常鬧旱災。現在，果園和菜園不會再缺水了。因為我們這裡建了一座水庫，一個很大的人工湖，可以儲水五百萬立方公尺，足夠灌溉五百公頃的菜園，湖裡還能養魚、養水禽！

克里米疆區中學生　普朗琴科、卡巴琴科

我們要幫忙造林

我國現在正在進行大規模的建設，包括在伏爾加河、德聶伯河和阿姆河等河流建造發電站；用運河把伏爾加河和頓河貫通起來；到處在造

森林帶，好擋住來自沙漠的風沙，保護田地。全國人民都在參與建設。我們小學生也想幫忙，參與這種有意義的工作。

伏爾加河沿岸種了成千上萬的小櫟樹、小楓樹和小梣樹，從草原這一頭綿延到草原那一頭。樹苗現在還很小，還沒有茁壯，每一棵樹苗都還有許多敵人，像是害蟲、齧齒動物和熱風。

我們學校的學生決定幫忙大人保護小樹，不讓它們受到敵人侵害。

我們知道，一隻椋鳥一天可消滅兩百公克的蝗蟲。如果這種鳥住在森林帶附近，就能為森林帶來很大的益處。我們與烏斯契庫爾郡、普里斯坦等地的小學生，製造了三百五十個椋鳥房，全都掛在森林帶附近。

黃鼠和其他齧齒動物對小樹的危害很大。我們要和農村裡的小朋友一起消滅黃鼠：往牠們的洞裡灌水、用捕鼠器捕捉牠們。我們會製造一些捕捉黃鼠用的捕鼠器。

護田林帶中有些小樹沒能存活，我們這裡的農村負責補栽，因此，需要大批的林木種子和樹苗。今年夏天，我們要收集一千公斤的種子。烏斯契庫爾郡和普里斯坦等地的學校將會開闢苗圃，為護田林帶培育櫟樹、楓樹以及其他樹木的苗木。我們會和農村的小朋友組織少年巡邏隊來保護林帶，不讓林帶受到踐踏、破壞或是發生火災。

這些都是我們小學生應該做的工作。如果全國的小學生都這樣做，我們就能對國家有很大的貢獻！

薩拉托夫城　第六十三班　男校學生

林中大戰（五）

第四塊砍伐跡地是大約三十年前伐木的。我們的通訊員在那裡採訪到這樣的消息：

孱弱的小白樺和小山楊都死在它們強大的姊姊手下了，濃蔭之下只剩雲杉還活著。雲杉在陰影裡悄悄生長的時候，高大健壯的白樺和山楊繼續在上面大吃大喝、吵嘴打架。老故事又重複了：哪棵樹長得比旁邊的樹高，就成了勝利者，冷酷無情的消滅旁邊的樹。

戰敗者乾枯後倒了下去，樹葉帳篷於是出現一個破洞。陽光從那裡像暴雨似的直瀉而下，衝入地窖，直接落在小雲杉頭上。

小雲杉被陽光一嚇，就生病了。

要經過一段時間，它們才能習慣陽光。

它們總算慢慢恢復健康，身上的針葉也換掉了。之後，它們就開始飛快的竄高，它們的敵人根本來不及補好頭上的破帳篷。

這些幸運的雲杉最先長到跟高大的白樺、山楊一樣高。其他強壯而多刺的雲杉，也跟在它們後面，把長矛似的尖梢伸到上層來了。

這時候才暴露出來，山楊和白樺這些麻痺大意的勝利者，讓多麼可怕的敵人住到自己的地窖裡了！

我們的通訊員親眼目睹了這些仇敵之間激烈的交戰。

刮來陣陣狂烈的秋風，秋風使得擠在這裡的林木全都興奮起來了。闊葉樹撲到雲杉身上，用它們長長的樹枝拚命拍打敵人。

連平時只會發抖和竊竊私語的膽小山楊，都糊里糊塗的揮舞樹枝，想扭住黑黝黝的雲杉，折斷它們的針葉樹枝。

不過，山楊並不是優秀的戰士，它們很不靈活，手臂不堅韌，強大的雲杉才不怕它們呢！

白樺和山楊不同，它們的身體棒極了，力氣大又柔韌，即使只是刮過一陣小風，它們富有彈性，猶如彈簧的手臂也會跟著擺動。白樺一晃身體，周圍所有的樹木都得當心，因為它撞起來太可怕了！

白樺和雲杉展開了肉搏戰。白樺用柔韌的樹枝鞭打雲杉的樹枝，抽斷了一簇簇的針葉。

只要白樺一扭住雲杉的樹枝，雲杉那根樹枝就乾枯了；只要白樺撞破雲杉的樹幹，那棵雲杉的樹頂就枯萎了。

雲杉抵擋得了山楊，卻抵擋不住白樺。雲杉是一種堅硬的樹木，雖然不容易折斷，卻也不容易彎曲，直挺挺的針葉樹枝揮舞不起來。

我們的通訊員沒有看到這場林中大戰的結局，因為得在那裡住很多年才會知道。因此，他們動身去找林中大戰已經結束的地方。

他們在哪裡找到這樣的地方？我們將在下一期《森林報報》報導。

幫助復興森林

我們小學生參加了造林工作。我們收集各種林木的種子，交給我們的農村和護田造林站。

我們也在校園開闢一個小小的苗圃，栽種櫟樹、楓樹、山楂、樺樹和榆樹等。這些樹木的種子都是我們自己採集的。

小學生　斯米爾諾娃、阿爾卡吉也娃

園林週

我國各地農村和城市決定每年舉行一次園林週。中部和北部各省，在十月初舉行；南方各區，在十一月初舉行。

第一屆園林週在籌備十月革命三十週年紀念會的時候舉行，當時在各地農村裡開闢了好幾千座花園。在國營農場、農業機械站、學校、醫院等機關的院子裡，在公路和大街兩旁，在農村村民、工人、職員的私人住宅四周的空地上，栽種了好幾百棵果樹。請看，少年造林家和少年園藝家為了迎接這個偉大的節日，贈送給國家多麼好的禮物！

現在，每逢園林週，國營苗圃都會準備數千萬棵蘋果樹和梨樹的苗木，還有大量的莓果和觀賞植物的苗木。現在，沒有花園的地方也都著手開闢花園了。

列寧格勒塔斯通訊社

農村生活

農村新聞

我們這裡的農村，作物要快收割完了。現在是田裡農活最忙的時候。收割下來第一批最好的糧食要交給國家。每一個農村都先把自己辛苦勞動的成果交給國家。

村民收割完黑麥，收割小麥；收割完小麥，接著收割大麥；收割完大麥，收割燕麥；收割完燕麥，就要收割蕎麥了。

各個農村到火車站的路上，車水馬龍；每輛車上都裝滿了農村新收穫的糧食。

拖拉機依舊在田裡轟隆的響著：秋播作物播種好了，現在正在翻耕土地，準備明年的春播。

夏季的莓果都沒有了，但果園的蘋果、梨子和李子全熟了。林子裡長了很多蕈菇。在鋪滿青苔的沼澤地，蔓越橘紅了。農村的孩子們用棍子打落花楸樹一串串沉甸甸的果實。

被稱為「田公雞」的灰山鶉，一家老小又遭殃了。起初牠們從秋播的農地搬到春播的農地去，現在又得飛呀跑呀，從這一塊春播農地搬到另一塊春播農地去。

灰山鶉躲進馬鈴薯田。在那裡，很少有人會去驚擾牠們。但是現在農村的村民到馬鈴薯田挖馬鈴薯了。馬鈴薯收割機出動了，孩子們點起篝火、搭起小灶，就在那裡烤馬鈴薯來吃。每個孩子的臉都抹得又黑又髒，像黑小鬼似的，看起來有點可怕。

灰山鶉從馬鈴薯田飛走了，牠們的幼鳥已經長大了。現在允許獵人打牠們了。得找個地方藏身、覓食呀！可以去哪裡呢？各處田裡的農作物都收割了。還好，這時候秋播的黑麥已經長得很高了，有地方覓食，有地方躲避獵人敏銳的眼睛了！

躲過一劫

八月二十六日，我開車運送乾草。路上看到一堆枯樹枝上停著一隻貓頭鷹，牠兩隻眼睛一直盯著枯樹枝堆。

我心想：真奇怪！貓頭鷹怎麼沒被我嚇走？我把車停住，下車走了幾步，撿起一根樹枝，朝貓頭鷹扔過去。

貓頭鷹飛走了，牠一飛走，就從枯樹枝堆底下飛出幾十隻小鳥。原來牠們躲在那裡，避過了天敵貓頭鷹。

森林通訊員　波利索夫

對付雜草的戰略

雜草是田地的敵人，現在，它們在只剩殘株的麥田裡埋伏著。雜草的種子散落在田地上、長長的根莖潛藏在地下，它們在等待春天來臨。春天一到，人們翻耕完土地，種上馬鈴薯之後，雜草就會開始活動，妨害馬鈴薯的生長。

農村的村民們決定使個計策來欺騙雜草。他們把粗耕機開到田裡。粗耕機將雜草的種子翻到土裡，也把雜草的根莖切成一段段。

雜草以為春天來了，因為天氣暖和，土又鬆軟。於是它們就生長起來。種子發芽了，根莖也發芽了，田地變得一片綠意盎然。

村民非常高興，雜草長出來以後，秋末時再耕一次地，把雜草翻到上面，讓它們在冬天凍死。雜草呀！你們別想欺負我們的馬鈴薯！

虛驚一場

林中的動物驚慌失措，因為森林邊緣出現了一批人，他們在地上鋪了許多乾枯的植物莖桿。這會不會是一種新式的捕鳥捕獸器啊？林中居民的末日來臨了！

其實，這是虛驚一場。人們並沒有惡意。他們是農村的村民，在地上鋪亞麻，鋪成薄薄的一層，一行一行非常整齊。亞麻經過雨水和露水的浸潤後，人們要抽取亞麻莖裡的纖維就簡單多了。

興旺的家庭

五一農村裡，母豬杜希加生了二十六個孩子。二月的時候，才剛祝賀過牠呢，那時牠生了十二個孩子。

真是一個豬口興旺的家庭！孩子可真不少！

黃瓜的抱怨

黃瓜田裡的黃瓜們群情激憤，它們吵吵嚷嚷：

「為什麼村民每隔一兩天就到我們這裡，把我們的綠顏色青年全都摘走？讓它們安安穩穩的成熟，該有多好呀！」

可是村民們只留下少數黃瓜當種子，其餘的都趁綠採收了。綠黃瓜嫩而多汁，很好吃。一旦成熟，就不能吃了。

帽子的樣式

林中空地和道路兩旁，長出了松乳菇和乳牛肝菌。松林的松乳菇最好看，顏色橘紅，矮矮胖胖的，結結實實，蕈傘上面有一圈圈的花紋。

孩子們都說，蕈菇的蕈傘像帽子，松乳菇的帽子樣式是跟人學的，沒錯，它們的蕈傘看起來確實很像草帽。

乳牛肝菌就不同了。它們的帽子不像人的帽子。別說是男人，就算是年輕的女孩，為了趕時髦也不會戴這種帽子，因為乳牛肝菌的蕈傘黏糊糊的，實在很難讓人產生好感呀！

撲了個空

一群蜻蜓飛到農村的養蜂場來捉蜜蜂吃。蜻蜓大失所望：奇怪，養蜂場裡怎麼沒有蜜蜂呢？原來七月中旬以後，蜜蜂搬到森林中盛開的帚石楠花叢裡去了。

牠們在那裡釀製黃澄澄的帚石楠花蜜。花謝了，牠們就搬回來了。

打獵的故事

帶獵狗打獵

八月裡一個清新的早晨，我和塞索伊奇一起去打獵。我的兩條短毛獵狗，杰姆和鮑依，歡天喜地的叫著，一直往我身上跳。拉達是塞索伊奇的獵狗，一條很漂亮的長毛大獵狗。牠把兩隻前腳搭在牠矮小主人的身上，舔了一下主人的臉。

「去，你這淘氣鬼！」塞索伊奇用袖子擦擦嘴脣，假裝生氣的說。

這時候，三條獵狗已經離開我們，在割過草的草地上飛奔。美麗的拉達邁開步伐，矯捷的狂奔，只見牠那白色帶黑斑的花皮襖在碧綠的灌木叢後忽隱忽現。我的兩條短腿獵狗像受了委屈似的汪汪叫著，拚命狂追，卻怎麼也追不上。

讓牠們遛遛吧！

我們來到灌木林邊。我吹了一個口哨，杰姆和鮑依跑回來了。牠們在旁邊走來走去，嗅著一棵棵灌木和一個個草墩。

拉達在我們前面穿梭，一會兒從左邊閃過我們面前，一會兒從右邊閃過去。牠跑著跑著，突然站住不動，彷彿撞到一道看不見的鐵絲網。牠僵在那裡，一動也不動，保持著剛才中止奔跑時的姿勢：頭微微向左偏，背脊有彈性的彎著，左前腳抬起，尾巴伸得筆直，像根大羽毛。不是什麼鐵絲網，是一股野禽的氣味讓牠停止奔跑。

「您打吧？」塞索伊奇向我說。

我搖搖頭，然後把我的兩條狗叫回來，吩咐牠們躺在我的腳邊，免得礙事，把拉達指示的獵物趕跑了。

塞索伊奇不慌不忙的走到拉達身邊站住，從肩上取下獵槍，扳下擊錘。他不忙著指揮拉達往前走。他大概和我一樣，也愛看獵狗指示獵物那種動人的畫面，那個克制自己滿腔熱情和興奮的優美姿勢！

「往前走！」塞索伊奇終於說了。

拉達動也不動。

我知道這裡有一窩琴雞。塞索伊奇又命令狗往前走，拉達剛往前邁了一步，撲撲撲一陣聲響，從灌木叢裡飛出幾隻棕紅色的大鳥。

「往前走，拉達！」塞索伊奇重複了一遍命令，一邊端起槍來。拉達很快的向前跑去，兜了半個圈子，卻又站住不動了。這次是在另一叢灌木旁。那裡有什麼呢？

塞索伊奇又走到牠跟前，吩咐說：「往前走！」

拉達朝灌木叢撲了一下，然後繞著跑了一圈。灌木叢後面的空中，悄悄出現了一隻棕紅色的鳥，個子不太大。牠無精打采、笨拙的拍著翅膀，兩隻長腳好像受了傷似的，拖在身後晃晃蕩蕩。

塞索伊奇放下獵槍，氣沖沖的把拉達叫回來。

原來是一隻長腳秧雞。

這種習慣在草地上活動的野禽，春天在牧場上發出刺耳的叫聲，那時候獵人倒還愛聽。但是到了打獵的季節，獵人可就討厭牠了，因為牠會在草叢裡亂鑽，使得獵狗沒辦法指示方向。獵狗聞到牠的氣味，剛擺好姿勢，牠卻早就從草叢裡偷偷溜走了，讓獵狗白費功夫。

過了一會兒，我和塞索伊奇分開，約好之後在林中小湖邊碰面。

我沿著一條狹窄的溪谷走，溪谷綠草如茵，兩邊的山坡樹木叢生。咖啡色的杰姆和牠的兒子，黑白棕三色的鮑依，跑在我前面。

我得隨時準備開槍，兩隻眼睛還要盯著牠們，因為這種獵狗不會指示方向，牠們隨時可能把野禽趕出來。

牠們在灌木叢裡亂鑽，一會兒隱沒在又高又密的草叢裡，一會兒又出現。牠們短短的尾巴不停的搖來擺去，好像螺旋槳一樣。是的，不能讓這種獵狗長出長尾巴，因為長尾巴容易打在青草和灌木上，劈里啪啦的，會產生很大的聲音！而且長尾巴還會被灌木磨破皮。因此，當這種獵狗出生三個星期時，主人就剁掉牠們的尾巴，以後就不會再長了。只留下短短一截，可以一把握住的尾巴。這截尾巴是為了以防萬一：如果狗掉進泥濘裡，可以抓住這截尾巴把牠拖出來。

我的眼睛盯著兩條獵狗，我自己也不明白，怎麼同時還能看見周圍的一切，看見無數美妙的新奇事物。

我看到太陽已經升到樹梢上面，照得青草和綠葉間出現了一縷縷、一圈圈的金黃色陽光。我看到草叢和灌木上到處閃爍著蜘蛛網，像一條條極細的銀線。我看到松樹的樹幹奇形怪狀的彎曲著，好像一把巨大無比的椅子。這麼大的椅子，只有童話裡的森林之魔才能坐。可是，哪裡有森林之魔呢？反倒是在那個「座位」上的小坑裡，積了一攤水，旁邊有幾隻蝴蝶在翩翩起舞。

兩條獵狗過去喝水。我的喉嚨也乾了。我腳邊的斗篷草，圓扇形葉片上的露珠閃閃發光，好像價值連城的鑽石。我小心翼翼的彎下腰，避免碰掉露水。我輕輕採下一片斗篷草的葉子，連同葉片裡的露水——世界上最純淨的水，吸收了朝陽全部的喜悅。毛茸茸且溼漉漉的斗篷草葉子一碰到嘴唇，清涼的露珠就滾到乾燥的舌尖上……

「汪、汪、汪汪汪！」杰姆忽然叫了起來，我立刻丟下那片為我解渴的葉子，任它飄落到地上。杰姆汪汪叫著，沿溪岸跑去。牠那螺旋槳似的尾巴甩得更快、更有勁了。

我急忙向溪邊走去，想趕到狗的前面去。

可是已經來不及了。有一隻鳥，我們剛才一直沒有發覺，現在牠拍著翅膀，從蚪曲的赤楊樹後面飛了起來。

喏！牠在赤楊樹後筆直的往上飛，是一隻綠頭鴨。我慌慌張張的舉起槍，顧不得瞄準了，很快的開了一槍，霰彈穿過樹葉向牠打去。野鴨被打中，掉到溪水裡去。

一切在瞬間發生，好像我根本沒開過槍似的，好像我是用魔法擊中牠，只是轉了個念頭，牠就掉下來了。

杰姆游過去，把獵物啣上岸。牠用嘴巴牢牢叼住野鴨，野鴨的長脖子拖在地上。牠顧不得抖落身上的水，先把獵物送來給我。

「謝謝你，老傢伙！謝謝你，好寶貝！」我彎下腰，撫摸杰姆。

可是牠卻在這時候抖起身體，水珠濺了我滿臉。

「喂！沒禮貌的傢伙！走開！」杰姆這才跑開。

我用兩根手指捏著野鴨的嘴巴，把牠提起來掂掂重量。好傢伙！真沉重！牠的嘴巴真結實，經得起這麼重，沒有斷掉。這麼看來，應該是一隻成年的野鴨，不是今年才出生的。

我的兩條獵狗又汪汪叫著向前跑去。我急急忙忙把野鴨掛在彈藥袋的背帶上，追上去，一邊走一邊重新裝上彈藥。

狹窄的溪谷從這裡漸漸開闊起來。一片沼澤直達山坡腳下，到處可見一座座草墩、一簇簇薹草。

杰姆和鮑依在草叢裡鑽來鑽去。牠們在那裡發現了什麼吧？

這時候，好像全世界都在這一片小小的沼澤裡。身為獵人的我，唯一的願望是想趕快看到兩條狗在草叢裡嗅到的是什麼。會有什麼野禽從草叢裡飛出來？可別讓牠溜了！

我的兩條短腿獵狗鑽進高高的薹草叢裡，看不見牠們了，只有牠們的耳朵像翅膀似的，在薹草叢裡忽隱忽現，一會兒在這裡，一會兒在那邊，原來牠們在做「跳躍搜索」，跳起來，以便看清楚附近的獵物。

只聽見噗的一聲，像是把皮靴從泥地裡拔出來時聽到的那種聲響，從草墩飛起一隻田鷸，迅速而曲折的往前低飛。

我瞄準牠開了一槍，可是牠還在那裡飛。

牠在空中盤旋了半圈，然後伸直兩條腿，落在一個草墩上，離我不遠。牠站在那裡，又長又直的嘴喙抵著地，好像一把劍。

離得這麼近，而且老老實實的待著，我反而不好意思打牠了。

這時杰姆和鮑依跑過來，把牠趕了起來。我開了一槍，又沒打中！

哎呀！真是糟糕！我打獵打了三十年，這輩子少說也打過幾百隻田鷸，可是一看見野禽飛起來，心裡還是會慌張。這次又操之過急了。

唉，沒辦法了，現在只好去找幾隻琴雞，要不然塞索伊奇看見我打到的野禽，會瞧不起我、取笑我。城裡的獵人把田鷸當做最好的野味，一道美味的菜，農村裡的人才不把牠看在眼裡，這麼一點點大的小鳥，根本就不夠塞牙縫！

山坡後面傳來塞索伊奇的第三次槍聲。他現在起碼已經打到五公斤的野味了。我涉過小溪，爬上陡峭的山坡。這裡居高臨下，往西可以看得很遠：那裡有一大片伐過木的空地，再過去是燕麥田。喏！那不是拉達一閃而過嗎？喏！那不是塞索伊奇嗎？

啊哈！拉達站住了！塞索伊奇走過去，瞧！他開槍了。砰！砰！雙管齊發。他過去撿獵物了。

我不能再閒著了。

兩條獵狗跑到密林裡去了。我有一條規矩，如果我的狗進了密林，我就往林中伐過木的空地去。空地很開闊，鳥兒飛過時，可隨意開槍。只要狗把野禽往這邊趕就可以了。

鮑依汪汪叫了起來，杰姆也跟著叫起來。我急忙往前走去。

我已經走到獵狗的前面了，牠們還在那裡磨蹭什麼？那裡一定有琴雞！我知道琴雞的習慣：牠會飛到高處去，引得獵狗跟著到處跑。

「嗒啦，嗒，嗒，嗒，嗒，嗒！」果然，一隻烏黑的琴雞突然衝出來。牠黑得像一塊焦炭，沿著空地疾飛而去。

我端起雙筒槍，趕上前去，雙管齊發，開了一槍。

牠卻拐了個彎，消失在高大的樹木後面。

難道我又沒打中嗎？不可能呀！我瞄得挺準的。

我吹了個口哨，把兩條狗叫過來，走進琴雞消失的林子。我找了一陣，兩條狗也找了一陣，可是哪裡也找不到。唉！多麼可惜。今天真是倒楣的日子！可是有什麼好埋怨的，獵槍是道道地地的好槍，彈藥是自己親手裝的。我再試試看，也許到了小湖邊，運氣會好一些。

我又回到空地。離空地大約半公里遠，就是小湖。現在，我的情緒壞透了，兩條狗也不知道跑到哪裡去了，怎麼叫也叫不回來。

讓牠們去吧！我一個人走算了。

可是這時候，鮑依不知道從哪裡鑽了出來。

「你跑到哪裡去了？你以為你是獵人，而我是你的幫手，專門替你開槍嗎？好吧，把槍拿去，自己開槍啊！怎麼？不會嗎？喂！你幹嘛四腳朝天躺在地上？道歉哪！瞧你那個樣子，往後得聽話呀！總而言之，短腿獵狗都是蠢東西。長毛大獵狗可不像你們，牠們會指示獵物。」

「要是帶著拉達打獵，事情就簡單了。那樣，我也能百發百中。飛禽在拉達眼前，就像被繩子拴住一樣。要打中牠一點困難也沒有！」

走著走著，前方樹幹的後面閃現出銀色的湖面。我這顆獵人的心又充滿了新的希望。

湖邊長滿了蘆葦。鮑依撲通一聲跳下水，向前游去，把高高的綠色蘆葦碰得左右搖擺。

鮑依叫了一聲，蘆葦叢裡馬上飛出一隻野鴨，嘎嘎叫著。我開了一槍。野鴨剛飛到湖心上空，就中了我的槍彈，長長的脖子立刻垂下來，啪嗒一聲掉進水裡，肚皮朝天躺在水面上，兩隻紅腳掌在空中亂划。

鮑依向野鴨游過去。牠張開嘴想咬住野鴨，野鴨卻突然鑽進水裡，不見了。鮑依覺得莫名其妙，野鴨到哪裡去了？鮑依在那裡轉來轉去，可是野鴨並沒有出現。

忽然，鮑依也一頭鑽進水裡。這是怎麼回事？牠被什麼東西絆住了嗎？沉到湖底去了嗎？該怎麼辦？

野鴨浮出水面了，慢慢向湖邊游過來。牠游的姿勢真特別：側著身體，頭浸在水裡。啊！原來是鮑依啣著牠！鮑依的頭被野鴨擋住了，所以看不見。真了不起！牠竟然鑽進水裡，把獵物叼回來。

「打得不錯！」傳來了塞索伊奇的聲音。他悄悄從我背後走過來。鮑依游到草墩旁，爬了上去，放下野鴨，抖了抖身體。

「鮑依！你真不害臊！馬上叼起來，送到這裡！」

牠真不聽話，居然對我不理不睬！

這時候，杰姆不知道從哪裡跑出來。牠游到草墩旁，對兒子怒吼一聲，然後啣起野鴨，送過來給我。牠抖了抖身體，又跑到灌木叢裡，叼出一隻死琴雞——這真是意外的驚喜！難怪牠半天沒露面，原來是在林子裡找琴雞！說不定牠一直在追蹤那隻被我打傷的琴雞，找到之後，又啣著牠一路跟在我後面，足足跑了半公里。

有牠們這兩條狗，在塞索伊奇面前，我感到很自豪！

杰姆真是一條忠實的老狗！你老老實實的為我服務了十一個年頭，從來沒有偷過懶。可是狗的壽命很短，這是你最後一個夏天跟我出來打獵吧？以後，我還找得到像你這樣的朋友嗎？

我在篝火旁喝茶的時候，這些想法湧上心頭。矮小的塞索伊奇，手腳俐落的把他打到的獵物掛在白樺樹枝上，有兩隻年輕的琴雞和兩隻沉甸甸的年輕松雞。

三條狗在我們周圍蹲著，六隻眼睛熱切的盯著我的一舉一動。牠們心裡在想：能不能吃一小塊？

當然要給牠們吃！三條狗都表現得很好，是很棒的狗。

時間已經中午了。天藍藍的、高高的，山楊樹的葉子在頭上顫動，發出一陣陣輕輕的窸窣聲。多麼美好的時刻！

塞索伊奇坐了下來，心不在焉的捲著紙菸。他在沉思。好極了！看來，我馬上可以聽到他打獵生活的趣事了。

要打第一年出生、剛離巢的年輕鳥禽，現在正是時候。每一位獵人都用盡心思，想獵到機警的鳥兒。不過，如果沒有事先了解野禽的生活和習性，光靠心思是不行的。

打野鴨的好地方

獵人早就注意到了，一到年輕的野鴨會飛的時候，大大小小的野鴨就成群結隊一起飛行。牠們一天飛兩次，搬兩次家，從一個地方飛到另一個地方。白天，牠們鑽進茂密的莞草叢裡睡覺、休息。只要太陽一下山，牠們就從莞草叢裡飛出來。

獵人早就在守候了。獵人知道牠們會飛到田裡去，所以在等牠們。他站在岸邊，身體躲在灌木叢裡，臉朝向水面，遙望落日。

夕陽西下的地方，霞光燒紅了天空，紅通通好一大片。明亮的晚霞襯托出一群群野鴨的黑影。牠們朝著獵人飛過來了。獵人很容易就能瞄準，出其不意的從灌木叢裡對野鴨開槍，可以打中好幾隻。

他開了一槍又一槍，直到天黑才停手。

夜裡，野鴨就在田裡覓食。

早上，牠們又飛回莞草叢裡去。

獵人就在牠們必經之路埋伏等待！

現在，他臉朝東方、背對著水面，在那裡埋伏。一群群野鴨，直直朝著他的槍口飛過來了……

絕佳的好幫手

一群年輕的琴雞在林中空地覓食。牠們沿著林子邊緣走，萬一遇到什麼危險，可以立刻逃到林子裡。

牠們在啄莓果吃。一隻琴雞聽見草叢有沙沙的腳步聲，抬頭一看，草叢裡探出一張可怕的獸臉，厚厚的嘴唇往下垂而顫抖著，兩隻眼睛貪婪的盯著伏在地上的琴雞。

琴雞縮成一團，兩隻小眼睛瞪著獸臉上兩隻大眼睛，等待著下一步的行動。只要野獸往前挪動一步，琴雞就拍動強而有力的翅膀，飛到一旁，有本事，跟到空中來捉吧！

時間過得真是慢！那張獸臉還在那裡對著蜷縮的琴雞。琴雞不敢飛起來，野獸也沒有動靜。

突然有人命令一聲：

「往前走！」

野獸撲了過來。琴雞飛了上去，快得像枝箭，逃向救命的森林。砰的一聲，火光一閃，森林裡冒出一陣硝煙。琴雞一頭栽到地上。

獵人把牠撿起來，又吩咐狗往前走。

「輕一點！好好的找，拉達，好好的找……」

躲在山楊樹上的對手

高大的雲杉林一片漆黑，寂靜無聲。

太陽剛剛落到森林後面。獵人在筆直而沉默無聲的樹幹間，從容不迫的走著。前面傳來一種響聲，好像是風吹動樹葉的沙沙聲，原來是前面有一片山楊林。

獵人站住了。

四周又寂靜無聲了。

接著，又響起來了，好像有稀稀落落的大雨點敲在樹葉上。

「噗哆、噗哆！吧嗒、吧嗒、吧嗒……」獵人躡手躡腳的往前走，一點腳步聲也沒有。山楊樹林已經很近了。

「噗哆、吧嗒、吧嗒、吧嗒……」又沒聲音了。

隔著密密層層的樹葉，什麼也看不清楚。

獵人停住腳步，站著不動。

看看誰比較有耐性，是那個躲在山楊樹上的，還是這個帶著槍，埋伏在樹下的。久久沒有聲音，誰也不動。靜極了。

後來又響起來了：「吧嗒、吧嗒、噗哆……」

啊哈！這下你可露出馬腳了。一個黑糊糊的傢伙蹲在樹枝上，正用嘴喙啄著山楊樹葉的細葉柄，啄得吧嗒吧嗒的響。獵人仔細瞄準，開了一槍。那隻粗心大意的年輕松雞，從樹上掉了下來。

這種打獵很公平。鳥兒躲得隱密，獵人也藏得隱密，就看誰先發現對方，就看誰比較有耐性，就看誰的眼睛尖一點！

以下講的是另一種打獵的方式。

不公平的騙局

獵人順著小徑，在茂密的雲杉林中悄悄走著。

「噗啦啦、噗啦啦！噗啦啦！」

從獵人腳邊飛起一窩榛雞，八隻，不，有几隻呢！

獵人還來不及端起槍，榛雞就已經飛到繁茂的雲杉樹枝上了。用不著費力去找牠們，反正是看不清楚牠們停在哪裡的，眼睛睜得再大，也看不清楚。

獵人躲到小徑旁一棵小雲杉後面。他從口袋裡掏出一支短笛，吹了一下試試，然後坐在一截小樹墩上，扳下獵槍的擊錘。他又把短笛拿到嘴邊。遊戲開始了！

年輕的榛雞藏在樹葉叢裡，躲得穩穩當當的。在榛雞媽媽發出「可以啦」的信號之前，牠們是不會亂動的，也不敢拍動翅膀。每一隻榛雞都乖乖的待在各自的樹枝上。

「嗶、咿、咿克！嗶，咿，咿克！嗶克、特兒——呸、呸、呸！沒什麼！」這就是信號，意思是說：可以啦！

「嗶、咿、咿克！特兒——」這是榛雞媽媽在有把握的時候說的：

「可以啦！可以啦！飛到這兒來吧！」

一隻榛雞悄悄的溜下樹，落到地上。牠傾聽著，媽媽的聲音是從哪裡發出來的呀？

「嗶、咿、咿克！特兒，特兒！」意思說：「在這兒啊，來吧！」

榛雞跑到小徑上了。

「嗶、咿、咿克！特兒——」

原來在那兒呀！在小雲杉後面，在樹墩那裡。

榛雞順著小徑拚命的跑，朝著獵人跑過來了。

獵人開了一槍，又拿起短笛來吹。

短笛吹出了榛雞媽媽尖細的聲音：「嗶克、嗶克、嗶克、特兒——呸、呸、呸！沒什麼！」

又有一隻榛雞受騙，乖乖的來送死了。

本報特約通訊員

森林布告欄

尋找鳥兒

森林報報編輯部

椋鳥到哪裡去了？白天，有時候還可以看到牠們在田裡和草地上。可是一到夜裡，牠們就都不見了。小椋鳥離巢後，再也沒回來。如果有人知道牠們的蹤跡，請通知我們。

代向讀者問好

我們從北冰洋的各個島嶼飛來，眾多的髯海豹、海象、豎琴海豹、北極熊和鯨都囑咐我們向讀者問好。

我們還可以幫讀者帶個口信，問候非洲的獅子、鱷魚、河馬、斑馬、鴕鳥、長頸鹿、鯊魚。

飛經這裡的北方旅客

鴴鳥、野鴨、海鷗　同啓

第六次競賽

☆ 射箭要打中靶心！答案要對準題目！

1. 鳥兒成群結隊一起行動，有什麼好處？
2. 鶴飛行時，會呈什麼隊形？
3. 蜘蛛有幾隻腳？
4. 蜘蛛什麼時候會飛行？怎樣飛行？
5. 鳥兒白天遇到貓頭鷹時，會採取什麼行動？
6. 野草莓用什麼方法繁殖？
7. 哪一種可怕的動物愛吃覆盆子？
8. 野外長出來的蕈菇，都可以吃嗎？
9. 哪一種動物有「短命鬼」的外號？為什麼？
10. 許多動物具有保護色，這對牠們有什麼好處？

⓫ 哪些動物會危害新造的森林？

⓬ 蜻蜓吃什麼？

⓭ 夏天最好在什麼地方觀察鳥的腳印？

⓮ 野牛公在山上跑，野牛婆婆在山縫裡跑；一個不停眨眼，一個高聲大叫。（謎語）

⓯ 網子一面，不用手編。（謎語）

確認打靶成果吧！打靶場第四次競賽答案

☆請核對你的答案有沒有射中目標！

1 夏至是一年當中白晝最長、夜晚最短的一天。

2 黃色。

3 刺魚。

4 環頸鴴和夜鷹。

5 田鷸在草墩附近的地面築巢，蛋的顏色跟草墩很接近，上面還布滿了大大小小的斑點，不容易被發現。

6 亞麻清晨開花，花是淡藍色的，所以會看到淡藍色的田；亞麻的花中午就凋謝了，所以田變成綠色的。

7 刺魚一共有五根刺：三根長在背上，兩根長在腹部。

8 家燕和毛腳燕的巢都是用泥巴做的，家燕的巢為半碗形，開口朝上；毛腳燕的巢為半球形，出入口在側邊。

9 鳥類繁殖時如果受到干擾，可能會棄巢離去。
10 翠鳥。
11 螻蛄。
12 雌螯蝦會讓卵附著在牠腹部的腹肢上。卵就附在雌螯蝦身上過冬。
13 杜鵑，因為牠不築巢，而是把蛋下在其他鳥類的巢裡。由於牠的叫聲聽起來像「布穀、布穀」，所以也稱為「布穀鳥」。
14 烏雲。
15 刺蝟。

確認打靶成果吧！打靶場第五次競賽答案

☆請核對你的答案有沒有射中目標！

1. 雛鳥破殼而出之前，嘴喙尖端有一個小凸起，叫做「卵齒」。雛鳥就是用卵齒鑿破蛋殼。雛鳥出殼以後，卵齒很快就會脫落。
2. 夏季，因為到處有軟弱無助的雛鳥和幼獸。
3. 後腳。
4. 灰山鶉假裝受傷，是為了吸引敵人注意，把敵人從幼鳥身邊誘開。這種特殊的行為稱為「擬傷」。
5. 田鷸的雛鳥破殼而出之後，就能站得穩穩的，還會自己找東西吃。
6. 杜鵑的雛鳥。杜鵑媽媽生完蛋，就丟下不管了，讓其他鳥幫牠餵養。

7 地啄木。

8 因為越橘的漿果含有可防止漿果腐爛的「苯甲酸」。

9 沼澤地裡有食蟲植物，毛氈苔。蚊子、飛蛾等昆蟲停到它的葉片上，會被黏住、消化吸收殆盡。

10 靠雨水傳播種子。

11 雲杉能夠耐陰，白樺和山楊比較依賴陽光。

12 馬鈴薯的莖葉會變枯黃。

13 青蛙。

14 麥子：橫在場上的是麥稈，擺在桌上的是用麥子磨成的麵粉所做的麵包，留在田裡的是短短的殘株。

15 露水。

確認打靶成果吧！打靶場第六次競賽答案

☆請核對你的答案有沒有射中目標！

1 聚集成群，耳目眾多，比較容易發現敵人，一旦發現敵人，可警告大家趕緊飛逃。如果有鳥受到攻擊，大家一起大叫大吵，可嚇退敵人。

2 「人」字形。

3 蜘蛛有八隻腳。

4 在晴朗的秋天，風捲起蜘蛛絲，同時把幼小的蜘蛛帶到空中。

5 牠們成群結隊，高聲大叫著向貓頭鷹衝過去，直到把牠趕跑才罷休。

6 野草莓可用種子繁殖，也能用走莖繁殖。

7 熊。

8 不行，有些蕈菇有毒，毒鵝膏甚至會讓人喪命。

9 蜉蝣的成蟲。牠們只有一天的壽命。

10 保護色可讓動物在棲息的環境中不容易被天敵發現。

11 各種害蟲和齧齒動物。

12 各式各樣的飛蟲，例如蒼蠅、蜉蝣、石蛾，也吃蜜蜂。

13 在稀泥和淤泥上，或是河流、池塘、湖泊的岸邊。許多鳥兒會到這些地方活動，留下清楚的腳印。

14 打雷和閃電。

15 蜘蛛網。

廣大的俄羅斯

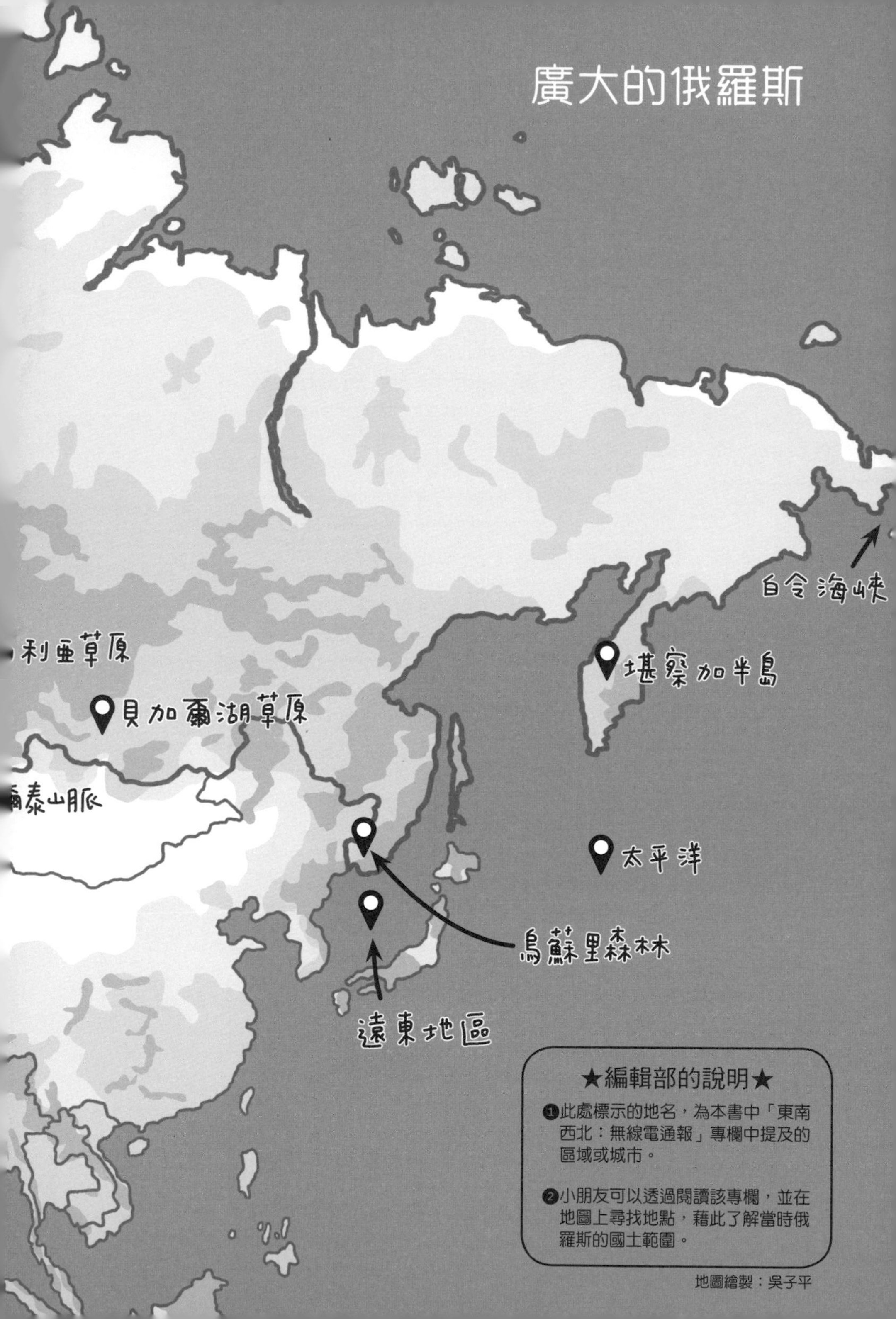

★編輯部的說明★

❶此處標示的地名，為本書中「東南西北：無線電通報」專欄中提及的區域或城市。

❷小朋友可以透過閱讀該專欄，並在地圖上尋找地點，藉此了解當時俄羅斯的國土範圍。

地圖繪製：吳子平

北冰洋
亞馬爾半島
大西洋
聖彼得堡
烏拉爾
波羅的海
莫斯科
諾沃西比爾斯克
頓巴斯草原
烏克蘭
庫班草原
烏克蘭草原
中亞沙漠
黑海
裡海
帕米爾山
高加索山
卡拉庫姆沙漠

小木馬 自然好有事 002

森林報報
夏天，森林裡有什麼新鮮事！

作者 維・比安基 Vitaly Bianki
繪圖 卡佳・莫洛措娃 Katya Molodtsova
譯者 王汶

社　　長 陳蕙慧
副總編輯 陳怡璇
主　　編 胡儀芬
特約主編 鄭倖伃
責任編輯 張容瑱
行銷企畫 陳雅雯、尹子麟、張元慧
美術設計 謝昕慈

出　　版 木馬文化事業股份有限公司（讀書共和國出版集團）
發　　行 遠足文化事業股份有限公司
地　　址 231 新北市新店區民權路 108-4 號 8 樓
電　　話 02-2218-1417
傳　　真 02-8667-1065
Email service@bookrep.com.tw
郵撥帳號 19588272 木馬文化事業股份有限公司
客服專線 0800-2210-29

印　刷 通南彩印股份有限公司
2020（民 109）年 09 月初版一刷
2024（民 113）年 01 月初版四刷
定　價 360 元
ISBN 978-986-359-806-0

國家圖書館出版品預行編目 (CIP) 資料

森林報報：夏天，森林裡有什麼新鮮事！/ 維・比安基著（Vitaly Bianki）；卡佳・莫洛措娃 (Katya Molodtsova) 圖；王汶譯. -- 初版. -- 新北市：木馬文化出版：遠足文化發行，民 109.09
面；　公分. --（小木馬自然好有事；2)
ISBN 978-986-359-806-0(平裝)

880.599　　109007010